山东文化体验廊道故事丛书·上编

黄河
历史文化故事
（二）

HUANGHE LISHI
WENHUA GUSHI

总编纂　王志民

主　编　阎盛国

山东文艺出版社

图书在版编目（CIP）数据

黄河历史文化故事.二/阎盛国主编.—济南:山东文艺出版社,2023.9

（山东文化体验廊道故事丛书）

ISBN 978-7-5329-6912-8

Ⅰ.①黄… Ⅱ.①阎… Ⅲ.①历史故事—作品集—中国 Ⅳ.①I247.8

中国国家版本馆CIP数据核字（2023）第102560号

黄河历史文化故事（二）

HUANGHE LISHI WENHUA GUSHI

总编纂　王志民　主编　阎盛国

主管单位	山东出版传媒股份有限公司	
出版发行	山东文艺出版社	
社　　址	山东省济南市英雄山路189号	
邮　　编	250002	
网　　址	www.sdwypress.com	

读者服务	0531-82098776（总编室）
	0531-82098775（市场营销部）
电子邮箱	sdwy@sdpress.com.cn

印　　刷	山东临沂新华印刷物流集团有限责任公司
开　　本	880毫米×1230毫米　1/32
印　　张	5.75
字　　数	124千
版　　次	2023年9月第1版
印　　次	2023年9月第1次印刷
书　　号	ISBN 978-7-5329-6912-8
定　　价	59.00元

前　言

　　党的二十大报告明确提出："坚守中华文化立场，提炼展示中华文明的精神标识和文化精髓，加快构建中国话语和中国叙事体系，讲好中国故事、传播好中国声音，展现可信、可爱、可敬的中国形象。"习近平总书记在文化传承发展座谈会上深刻指出，要在新起点上继续推动文化繁荣、建设文化强国、建设中华民族现代文明。编纂出版《山东文化体验廊道故事丛书》（以下简称《丛书》）是深入学习贯彻党的二十大精神和习近平总书记重要指示精神，贯彻落实山东省委、省政府关于打造文化"两创"新标杆部署要求的重要举措，是立足山东文化资源优势，以沿黄河、沿大运河、沿齐长城、沿黄渤海和沿胶济铁路等文化体验廊道为轴线，以各市文化体验廊道建设为着力点，撷取历史文化精华的大型普及性学术工程，是在新的历史起点上讲好山东故事、坚定文化自信、推动文化繁荣、促进文旅结合的重点文化项目。

　　山东，古称"齐鲁之邦"，是中华文明最重要的发源地之一。奔流的黄河由山东入海，齐鲁大地是黄河文明的核心区域

1

之一。巍峨屹立的泰山，自古以来就是历代帝王封禅之地，是中国东方上层文化的活动中心，1987年被联合国教科文组织列为中国第一个世界文化、自然双重遗产。黄渤海环绕的山东半岛是全国最大的半岛，漫长海岸线形成了丰厚的海洋文化资源，一直是中国北方海上丝绸之路的重要门户。山东又是伟大思想家、教育家孔子和孟子的故乡，是儒家文化的发源地，是中国人乃至全球华人、华裔心中的"圣地"。在被称为中华文明"轴心时代"的春秋战国时期，齐鲁是中华文明的"重心"所在：诸子百家，多出齐鲁；儒墨显学，独领风骚。齐国故都临淄，是当时最大的工商业都城，被国际足联命名为"足球起源地"；这里诞生了中国历史上最早的大学堂——稷下学宫，是诸子百家争鸣的学术文化中心；齐长城西起济水，东到大海，蜿蜒于泰沂山脉，全长一千余里，是现存最早的有准确遗迹可考、保存状况较好的古代长城；被列为世界文化遗产名录的京杭大运河，纵贯山东南北，极大影响了元明清以来山东地区的经济文化发展，鲁西沿岸城市带的崛起，成为中国南北文化交流融合的运河明珠，见证了山东地区社会文化的隆替嬗变。近代以来，随着烟台、青岛等沿海城市的崛起和胶济铁路的修筑，山东成为中西文化交流、冲突、碰撞、融合的核心地区之一，收回青岛主权成为"五四"爱国运动的导火索。革命战争年代，山东党政军民用生命和鲜血凝聚而成的"党群同心、军民情深、水乳交融、生死与共"的"沂蒙精神"，是齐鲁优秀文化、伟大建党精神与中国共产党领导的人民革命英雄主义精神的集中体现，是对山东境内沂蒙、胶东、渤海、鲁西（冀鲁豫边区）

等抗日革命根据地红色文化、革命精神的集中凝练和概括，与延安精神、井冈山精神、西柏坡精神等一起成为中国共产党人精神谱系的重要组成部分。齐鲁文化在中华文明发展中的特殊地位，山东地区源远流长、丰富厚重的文化资源，坚定文化自信和自觉的历史责任担当是我们举全省之力编纂《丛书》的内在动力。

《丛书》以国家文化公园建设为引领，以落实文化"两创"、推动"两个结合"为宗旨，以推动全省及各市文化建设为目标，是具有权威性、故事性、可读性、趣味性的历史故事集成，是一套可携带、可利用、可转化的文化读本。《丛书》分为上、下两编，上编16本，围绕"四廊一线"文化体验廊道、八大文化传承发展片区展开。"四廊一线"构筑的沿黄河、沿大运河、沿齐长城、沿黄渤海、沿胶济铁路的文化交通线纵横交错，相互联系又各具特色，其特点是以脍炙人口的故事形式联通"四廊一线"的人物事迹、重点景区、遗址遗迹等，厚植文化体验廊道的思想内涵和文化底蕴。八大文化传承发展片区，既涵盖了沂蒙、渤海、鲁西、胶东四大红色文化片区，又吸收了泰山文化、儒学文化、齐文化作为重要支撑，演奏出山东历史文化、革命文化、社会主义先进文化的时代交响。下编16本，紧紧围绕各地市优势和特色展开，主要记述本地区历史故事、文化遗址与人文景观、非物质文化遗产等内容，是推动文化廊道落地、推进片区文化建设、增强文化认同、深化文旅体验的重要载体。

《丛书》由山东省委常委、宣传部部长白玉刚统筹谋划和指导，省委宣传部专门组建学术编纂委员会负责具体实施，省直各有关部门和各市委宣传部给予大力支持配合，省内相关高校、研究机构和各市有关单位共 100 余位专家学者积极参与，历经酝酿策划、启动实施、提纲设计、样稿研讨、通稿审稿、编辑出版等六个阶段。2022 年以来，省委、省政府先后印发《关于打造中华优秀传统文化"两创"新标杆行动计划（2022—2025 年）》《关于建设文化体验廊道推动文旅融合高质量发展的实施计划（2023—2025 年）》，全方位挖掘展现山东人文沃土可以深度耕作的比较优势，为《丛书》编纂做好了思想、学术和组织准备。具体编纂过程中，省委宣传部专门印发《关于做好〈丛书〉编纂工作的指导意见》，统一思想认识，作出全面部署。编委会以线上线下形式，多次召开全体会议和分组专题会议，狠抓三个重要工作节点：**一是审定编撰提纲。**通过反复研讨、交流、修改、会审等形式逐一审定编写提纲，最大程度保证全书质量。**二是树立样稿典型。**集中力量撰写、反复研讨修改，确定分类样稿，做好典型导引。**三是全力做好通稿统审。**采用主编初审、各卷主编交流互审、学术专家主审、首席专家终审等层层把关、集中审查、反复修改的方式提高稿件质量。

回顾《丛书》编纂工作，始终注意把握好以下四个方面：**一是坚定文化自信。**通过挖掘历史资料、开发历史资源、恢复历史场景等形式，获取文化营养，坚定文化自信。**二是助推文化自觉。**通过传承弘扬优秀传统文化、红色文化、社会主义先进文化，深入挖掘历史先贤和革命先烈的伟大事迹，推动文化自觉，与培育践行社会主义核心价值观有机结合。**三是落实文化"两创"。精选真实历史故事，注重挖掘故事背后的文化内涵，推动齐鲁优秀传统文化在新时代创造性转化和创新性发展，推进文化自信自强。**四是服务文旅融合。**借助故事、景观、遗址、非遗讲解词、短视频等融媒体形式，让广大读者在区域文化旅游、廊道文化体验中感受中华文化的博大精深，增强民族自豪感和自信心。

在内容撰写上注重四个结合：**一是与廊道体验相结合。**突出廊道建设概念，以故事为纬线，以时代发展为轴线，通过富有魅力的故事讲述，展示历史人物、景观、史实，引领读者体验传统文化的恢宏气势和博大精深。**二是与景观建设相结合。**以真实动人的故事为景观建设提供重要的历史资源和文化依据，通过一个个精品景观建设展示历史故事的丰富内涵和当代价值。**三是与文物保护相结合。**通过讲述历史故事，让广大读者进一步了解相关文物、遗址的历史文化价值，提升文物保护意识，推动群众性文物保护工作再上新台阶。**四是与媒体利用相结合。**立足于故事转化，使故事成为各类媒体传播的重要基础、蓝本和素材，成为廊道文化、片区文化讲解、传播的重要学术依据和资料来源。

《丛书》的编纂出版，是普及、传播优秀传统文化，推动文化"两创"的新尝试。衷心希望广大读者通过阅读本书，吸收丰富文化营养，多提宝贵修改意见。

编者

2023 年 8 月

导　语

　　黄河穿越齐鲁大地，润泽大河之滨。黄河从河南兰考进入山东东明县境内，流经菏泽、济宁、泰安、聊城、德州、济南、淄博、滨州、东营等9市25县（区），在东营市垦利区注入渤海。山东段黄河河道全长为628公里，占黄河总长度的11.5%，流域面积为1.83万平方公里。

　　从新中国成立，历经改革开放三十年，再到中国特色社会主义进入新时代，黄河之滨上演了无数可歌可泣的动人故事。2019年9月，习近平总书记在黄河流域生态保护和高质量发展座谈会上的讲话中指出："要深入挖掘黄河文化蕴含的时代价值，讲好'黄河故事'。"山东黄河流域自古人杰地灵，是谓"佳丽山水地，齐鲁好风光。黄河飘玉带，碧岱写华章"。讲好山东黄河历史文化故事、落实"两创"精神，是本书的切入点。意在通过呈现宏观立体的山东黄河历史文化，管窥优秀山东黄河儿女身上所展现出来的时代风采。实践证明，人民群众是治理黄河的主体，是一道冲不垮的长堤。中国共产党积极动员人民群众，与人民同心协力治理黄河，成为新中国黄河治理最有力量的法宝。山东人民为实现中华民族伟大复兴砥砺前行，治黄功绩卓著，最终使黄河由"害河"变为"利河"。

本书由五部分构成：第一部分讲述了山东黄河治理故事。北洋政府统治时期，黄河水患不断。一首传唱了百年的民谣描写了利津棘子刘决口后百姓的苦难生活："棘子刘，王家院，黄河决了口，百姓要了饭。"王炳燽治理山东黄河决口有功，被受灾民众赠予"万民旗"和"万民伞"。国民政府官员贪污克扣治河经费，在治理黄河的问题上相互掣肘，钩心斗角。治河不力给沿岸人民带来了无尽的苦难。为阻遏侵华日军，蒋介石下令炸开花园口大堤，受灾人口达1250万，死亡89万人，山东黄河沿岸人民也不能幸免于难。在中国共产党的领导下，黄河归故斗争不仅维护了黄河下游解放区人民的利益，而且在谈判和复堤过程中锻炼了一批干部，掌握了大量水利知识和治黄经验。中华人民共和国成立后，对黄河下游两岸长约1365公里的临黄大堤进行维护，大大增强了防御洪水的力量。綦家嘴险工建设克服了重重困难，成为引黄发展史上的一个标志性工程，打破了黄河下游不能破堤建闸的禁区。1958年3月，山东省青少年举行绿化黄河誓师大会，揭开了二十万青少年建造绿色长城的序幕。利津县水上长城使黄河从一个令人担惊受怕的猛兽，变成了发展当地经济的宝贵资源。黄河堤防工程建设成就卓越，其中济南黄河标准化堤防工程荣获中国建设工程质量最高奖——鲁班奖。如今，黄河两岸绿树成荫、百草丰茂、土地肥沃，犹如世外桃源。

黄河已由当年水患频发的"灾难河"，变成了人民的"幸福河"。

第二部分讲述了山东黄河沿岸发生的英勇抗洪的故事。黄河无言，人民有情。五庄抢险，长者薛九龄以责任担当与勇气，站在凌汛抢险的第一线；危急关头，戴令德丝毫没有退缩，一动不动地蹲在堤坝漏洞口上；黄河岸边的人民永远铭记基层民兵王云岭抗洪抢险的英勇行为；张春海在抵抗洪水的过程中，为了人民群众的生命与财产安全，不惜冒着生命危险，自驾卡车堵住堤坝决口，书写了英勇抗洪的光辉篇章；抗凌抢险中，原济南军区工程兵独立舟桥营九烈士临危不惧，挺身而出，奋战四昼夜，献出了宝贵生命……

第三部分讲述了山东黄河沿岸英贤辈出的故事。王化云是中国著名的水利专家，为治理黄河做出了不朽贡献；钱正英身挎盒子枪，骑着大白马，在黄河大堤上一闪而过的矫健身影，永远定格在了山东黄河的史册上；于祚棠生长在黄河边，一生从事治黄事业，对黄河怀着执着的感情，他潜心研究、观察黄河，积累了丰富治河经验；王士栋烈士用忠诚和热血，践行着守卫黄河铁路大桥的铮铮誓言；以包锡成为代表的黄河技术人员，适时提出了"以沙蓄水、分水为主，破冰为辅"的防凌方案；李兆忠全力以赴保护黄河，真正在为人民服务中实现了自己的人生价值；李涛扎根基层，是黄河新一代的守护者，2017年他成功入围全国河道修防工职业技能大赛总决赛，凭借丰富的经验和高超的技能一举夺冠；亓传周发明"制动器快速调整法"，使险情预警时间由原来的十几分钟缩短至几十秒，为保护黄河做出重大贡献；张永杰是黄河滩上的平安守护者，为周边居民化解矛盾、解决纠纷奉献了自己的青春……

第四部分讲述了山东黄河斗争故事。八路军炮弹厂的战士们仿制步兵炮与炮弹，在战场上大显身手，杀伤力极强，打击了敌人的嚣张气焰，立下了赫赫战功；鄄城战役不仅歼灭了许多敌人，而且缴获了大量武器，最重要的是缴获了美制榴弹炮；刘伯承和邓小平凭借高超的军事布局，巧妙地完成了渡河任务，揭开了人民解放军战略进攻的序幕；八路军秘密交通员江衍红对革命事业忠贞不渝，临危不惧，牺牲得十分悲壮……

第五部分讲述了山东黄河之滨上演的奋进故事。在那个激情燃烧的岁月，胜利油田的工人面对艰苦的工作条件，为我国甩掉"贫油"的帽子做出了巨大贡献，书写了新中国采油史上一首不朽的史诗；1960年4月，济南汽车制造厂试制出了中国第一辆重型汽车——黄河牌8吨载货车，结束了中国不能生产重型汽车的历史；潜艇是"水下蛟龙"，是深海中的幽灵，是大国重器，笪良龙主持研制开发的潜艇水声环境信息决策支持系统，已成为中国潜艇人自己的"水下沙盘"；"神威·蓝光Ⅱ"制造团队顺应时势，不断努力创新，"神威·蓝光Ⅱ"在黄河流域生态保护和高质量发展上担当起了"最强大脑"的角色……

本书以民国时期和新中国成立后这两个特定时段为背景，提取山东黄河廊道发生的典型故事。通过全方位搜集山东黄河廊道历史故事，形成了对山东黄河廊道历史文化客观全面的认识。通过进一步丰富研究资料，全面梳理了山东黄河廊道9市25县（区）的历史故事，并精心提取山东黄河历史故事所反映出的思想精神特质。

山东黄河廊道历史故事反映了我党敢于斗争和善于斗争的精神，以及与人民同心同德、勇于创新的品格；反映了山东黄河儿女不畏生死、奋勇向前、不畏强敌、不怕牺牲的精神，以及他们的丰功伟绩和光辉形象；反映了老一辈和新一代建设者不怕吃苦、迎难而上的精神。

以往被书写过的黄河历史故事大多放眼全国或某个省份、市区，缺乏对山东黄河廊道历史故事的集中提取，亦缺乏对山东黄河廊道故事所呈现文化精神的全面发掘，而本书则集中呈现这种文化精神。本书借助社会调查收集山东黄河廊道历史故事的有关资料，并运用图片更好地呈现山东黄河廊道历史故事的现实场景。

本书聚焦山东黄河廊道，有助于读者进一步了解山东的文化风貌，并能为现今山东黄河治理及推动黄河流域高质量发展提供有益的借鉴和启示。山东作为文化旅游大省和黄河流域唯一的沿海经济大省，响应习近平总书记的号召，为了"让黄河成为造福人民的幸福河"而努力拼搏。从这个意义上说，本书可为山东黄河开创美好而又幸福明天提供精神支持。

目　录

1

一

黄河新变　岁岁安澜

黄河为害，以下游为最。民国时期，黄河大堤年久失修，水患频繁。国民政府官员层层克扣，贪污治河经费，在治理黄河的问题上相互掣肘，钩心斗角。治河不力给沿岸人民带来了无尽的苦难。"蜿蜒长堤绕巨川，澎湃大河有新天。"新中国成立之前，中国共产党便担负起了治理黄河的重任，一方面与国民党在"黄河归故"问题上据理力争，另一方面积极投身黄河治理。新中国成立后，党和国家领导人高度重视、亲自过问黄河治理事务，制定了科学的治黄方略，实施了一系列治黄工程。"水利兴，百业盛"，最终实现了岁岁安澜的奇迹。

（一）民国时期黄河水患与治理

1. 棘子刘决口

民国时期，黄河堤防长期失修，黄河出现了"三年两决口"的局面。棘子刘原本是山东利津县的一个小村庄，毗邻黄河大堤。当时村子有六十多户人家，五百多亩土地，土质又好，只要辛勤耕作，村民们温饱无忧。然而黄河频繁决口，使棘子刘村时常笼罩在灾难的阴影之中。

1928年2月，利津县河段发生凌汛，巨大的冰块形成了冰坝，不断冲击拦河堤坝。棘子刘村的大街上突然响起敲锣声，有人大声喊："赶快上坝，赶快上坝，大堤要决口了！"村民个个犹如惊弓之鸟，只得携儿带女拼命逃跑。只听"轰隆"一声，堤坝坍塌了。

此次决口，棘子刘村首当其冲，受害最为严重。逃亡的民众站在大坝顶部向远处望去，只见天水相连、一片汪洋，巨浪滔天、奔腾咆哮，冰块互相撞击，向东汹涌而去。河道周围的大树，也经不住洪水中冰块的猛烈撞击，咔嚓一声断为两截。此时，堤坝下面的激流中传来了急切的呼救声："救命啊，救命啊！"一名青年哭喊着说："洪水里是俺的娘！洪水里是俺的娘！"他顾不得脱去衣服，立刻跳进水里，在大伙齐心协力的帮助下，才把母亲救上岸。原来母亲被困在洪水中的巨冰上，一不小心滑落水中，漂流而下，恰好被冲到儿子的眼前，侥幸捡回了一条命。

据村民后来回忆，洪灾过后棘子刘村的景象凄惨，断壁残垣、瓦砾成堆，一遇刮风便黄沙飞扬，遮天蔽日。侥幸存活下来的村民们无家可归，生活艰难，很多人只好背井离乡，逃荒要饭；更有甚者卖儿卖女，妻离子散。有一个名叫刘道伍的村民，他的老母亲被饿死，最小的弟弟也被卖给了外村人。还有的村民无法生存，只好投亲靠友，寄人篱下。有一首传唱了百年的民谣，描写的就是棘子刘决口后百姓的苦难："棘子刘，王家院，黄河决了口，百姓要了饭。""关上门，堵上窗，还得喝那牙碜汤。"悲怆的歌声流露出无限的哀痛。

棘子刘决口时，当时的山东省河务局局长不务正业，擅离职守，贻误了抢修时机。在民众代表的强烈要求下，当地政府才开始进行棘子刘决口的堵复工作，但因官员携款潜逃，堵口工作一度被迫中止施工。此后，利津灾民代表不断向上级请求，地方政府才再次筹划棘子刘的堵口事务。水利专家潘镒芬主持了棘子刘堵口工程项目，他吸取前辈治水经验，借鉴国外先进技术，采用打桩抛石、逐层填筑的"平堵法"。在整个堵口工程中，潘镒芬殚精竭虑，筹划设计。他毕生治河廉洁奉公，曾主持山东河防二十年。

2. 正觉寺决口

民国时期，军阀割据，根本无暇顾及黄河治理工作。尽管设有黄河水利委员会，但权力分散，沿黄各地各自为政。地方官员为中饱私囊，想方设法克扣治黄经费，真正用于黄河治理的费用少得可怜。黄河下游堤坝维修不力，残破不堪，留下了巨大的隐患。

1937 年 8 月 31 日，黄河在正觉寺决口。正觉寺村原本是黄河南岸蒲台县的一个小村庄，后来，蒲台县并入了博兴县。

此次决口也有气候因素，当年蒲台县暴雨接连不断，河水暴涨，已漫过河滩开始冲击黄河大堤。当时，一名河工建议时任蒲台县黄河修防段段长周玉美修筑梯子坝以防大堤溃决。可是，周玉美害怕开支过大，便以"水不冲刷大堤，不准打埽"为由，拒绝施工。不久，宫家险工出现严重险情，但由于蒲台县正觉寺一带生长着繁茂的芦苇，起了一定的缓冲作用，这使得利津县防洪官员放松了警惕，未做任何物资和抢险工作的准备。这一险工地段的险情很快击破了当地官员的幻想，水势突然开始发疯般肆虐。

利津县县长薛汝华见大事不妙，心里害怕极了，暗自嘀咕："要出大事了，这该如何应对才好？"他心里十分忐忑，如果在自己管辖之地发生了黄河决口，不仅要被革职查办，甚至还有可能被处以死刑。于是，薛汝华一不做二不休，情急之下，他与部下密谋，最终策划了一个嫁祸于人的阴谋。1937 年 8 月 21 日夜间，他悄悄派出心腹数人，借夜色掩护，乘坐小船偷偷渡河，在正觉寺附近挖开了十多个豁口开始泄洪，洪水开始快速涌向正觉寺一带的堤坝。

蒲台县县长王林阁得知当地发生洪水险情之后，立即召集手下紧急商议。同时，向上级请求支援抗洪救灾的物资，并向当地摊派救灾物料。可是，上级派发的船只运送的下桩、绳索等各种物料，又在半路被薛汝华派人拦截。他们将救灾物料拉到利津，强行卸下。由于薛汝华有强硬的后台，王林阁虽然生气，但无处申诉。而正觉寺一带大水冲击堤坝，时间一久，堤坝顶部逐渐塌陷于河中，防汛民工已无处立身。无奈之下，王林阁只好命令抢险民众赶紧收割即将成熟的庄稼，把成捆秸秆抛撒到残损的堤坝附近，希望能够保护堤坝，结果都被洪水冲走。面对汹涌而至的洪水，已是回天无力。

不久之后，正觉寺堤坝出现了一个大漏洞，由于缺乏物料，抢险的民众只能眼睁睁看着洞口越来越大。洪水如同脱缰的野马一般不受控制，漏洞不断扩大，情况十分危急。

当时正值秋收季节，大水一到，庄稼全部被淹，洪水之中到处漂浮着百姓的尸体。逃避洪水的灾民，衣食无着，风餐露宿，情况惨不忍睹。许多天之后，国民政府才派来几只救援船，运来了一些食品，但这已是"雨过送伞"，无济于事了。当年的《渤海日报》这样描述当地民众面对黄河大决口时的绝望："一切都在瞪着眼等着，等着那可怕的时候的到来。"

正觉寺大决口的发生除有天灾因素之外，还叠加了人祸。城门失火，殃及池鱼。此次决口造成的严重灾难，祸及蒲台、博兴、利津、广饶、寿光五县，五十多万人受灾，许多村庄被洪水冲毁，数万亩良田沙化，损失惨重。

3. 王炳燡治理黄河决口

王炳燡（1876—1949），字谢陈，沾化古城镇王见南村人。他毕业于山东高等大学堂，并在鲁北创办岱北公学。王炳燡早年追随孙中山参加革命，加入同盟会。他还创办了水利研究会，致力于黄河水患治理研究。

1919年4月，他出任山东黄河上游分局长。在任期间，他不辞辛劳，亲自考察山东境内黄河水文情况，掌握了大量第一手资料。不仅如此，他还博览历代治理黄河的典籍资料，也留下了自己的著述《治黄刍议》。王炳燡一针见血地指出，山东等地发生黄河水患的主要原因是黄河改道："直、鲁、苏、豫诸省之水灾，则又视乎黄河所取之道而定"。并实事求是地指出，咸丰年间黄河决口改道，给直隶、山东带来了严重水患灾害。

1925年秋天，黄河在黄河南岸的李升屯（今属荷泽市鄄城县）和黄花寺（今属济宁市梁山县）决口。由于当时政府没有及时采取强有力的封堵措施，而黄河洪水势不可挡，就祸及了当时东平、汶上、范县、寿张、阳谷、东阿等八县。几百万民众陷身于惊涛骇浪之中，到处都是灾民，家园成为泽国。治理黄河决口迫在眉睫，而选择合适人选，当时也是颇费一番周折，最终选定王炳焞。王炳焞对于治理黄河，可谓是一匹"识途老马"。当地政府诚恳地请他出马封堵黄河决口，为了堵口工作的安全与顺利，还让王炳焞兼任保安司令。此次决口堵复工程当时被称为"李黄大工"，王炳焞也就成为"李黄大工"的总指挥。

王炳焞治河有法，不负众望。他到任后立即向政府要求将遭受水患的八县丁漕之费作为堵口工程的费用，从而在资金上取得了比较充分的保障。王炳焞亲力亲为、以身作则，率领手下的士兵及当地的民工，顶风冒雪、脚踩冰霜，与黄河洪水进行殊死搏斗。洪灾还导致匪患猖獗，因此王炳焞还要与众多土匪进行较量。黄河大堤也是獾鼠做窝的好地方，王炳焞下达训令，要求排除黄河两岸大堤獾洞鼠穴。最终，历时三个月，黄河决口全面封堵完毕。鲍冬青专门作词描写了这一修筑工程的艰苦卓绝与王炳焞的不朽功勋："李黄工拢，感念当年勇。民埝决官堤溃涌，万命波涛惊恐。冬雪甫尽寒风，崔苻塞路难工。百日伏龙壮举，长歌一曲铭功。"

王炳焞治河功勋卓著，当时八县灾民非常感激他的治河之举，许多灾民自发举着"万民旗"和"万民伞"前来相送，王炳焞为之感动落泪。政府也因王炳焞治河有功下令嘉奖，曾获孙中山大总统特令授予"二等大授宝光嘉禾章"和"二等文虎章"嘉奖。

（二）共产党早期黄河治理

1. 归故谈判

1945 年，抗日战争胜利后，国民党当局企图堵塞黄河花园口决堤，引黄河水回归故道，妄图"以水代兵"，应用水攻战术淹没和分割冀鲁豫和渤海两大解放区。周恩来多次在公开场合指出，国民党把黄河当成进行内战的"第二大军"。为了粉碎国民党当局的阴谋，周恩来多次代表中共中央与其谈判。

周恩来与联总中国分署代理署长福兰克芮、联总工程顾问塔德举行了一次特别会谈。周恩来原则十分鲜明：为了解除黄泛区人民的痛苦，同意"黄河归故"，但以不能造成第二个"黄泛区"为原则；只有先行修复下游的河道堤坝，才可以堵口放水。二人被他的民族大义所感动，同意等下游修复堤坝工程完全竣工后，花园口再行合龙放水。随后，周恩来向美国大使马歇尔提交了协议备忘录。通过谈判和公布协议，国民政府在黄河堵口问题上的一举一动，都被置于中外舆论的监督之下。

然而，事情并非一帆风顺。1947年，国民党当局背信弃义，在解放区复堤工程尚有三十七处险工未完成、堤防六十多公里未修复的情况下，单方面在花园口抛石堵口合龙。周恩来立即致电冀鲁豫解放区区党委：花园口堵口一事，关系数百万人民的生命财产，一定要时时放在心上，不敢有丝毫懈怠。他随即为"黄河归故"问题赶赴上海，要求合理解决堵口复堤和灾民救济问题。彼时，周恩来仿佛成了"诸葛亮"的化身，他舌战国民党当局诸高官，一再阐明中共立场：中国共产党以大局为重，不反对"黄河归故"，但必须兼顾冀鲁豫黄河故道和豫皖苏黄泛区人民的共同利益。由于国民党当局早先食言自肥、丧失道义，双方论辩，周恩来自始至终占据上风。

会议结束后，周恩来在上海的周公馆举行了一次记者招待会，并热情邀请当地知名记者和社会名流参加，专门揭露黄河堵口问题的真相，阐明中国共产党的原则与立场。当时到会的知名记者有一百多人，会场内外挤满了人，大多数都气愤国民党当局的祸国殃民之举，同情共产党的正义主张。事情一经报道，在舆论界产生了巨大反响，民众纷纷谴责国民党当局的做法，给其花园口堵口行动施加了巨大压力。

周恩来随后来到国民政府黄河水利委员会委员长赵守钰的官署，有理有据地向他阐明了中共的主张，赵守钰也不得不认同这一主张。周恩来又马不停蹄地与联合国善后救济总署交涉，表明中国共产党深明大义，谴责国民政府背信弃义，指出联合国善后救济总署分配给黄河堵复工程的设备和运输器材，绝大部分用在花园口堵口工程；而担负整个堵复任务三分之一以上的解放区，则什么也没得到。假如联合国善后救济总署真正遵守"没有政治歧视"和"分配公平"的原则，就应采取公正公平的态度，立即制止国民党当局堵口放水，并拨付给解放区应得的工款、设备和居民迁移费，而且要保证复堤后再行堵口放水。周恩来依然不放心，乘车连夜前往菏泽，召集冀鲁豫行署负责人共同研究应对策略。他在全面分析了当时形势后，指出与国民党当局谈判时要注意策略，不仅要有原则性，而且要有灵活性，尽可能争取主动权，争取宝贵的时间，组织力量赶修堤防工程。

不久，周恩来出席了国民政府黄河水利委员会举行的一次座谈会，他义正词严地指出：协议必须坚决执行，任何耍弄阴谋诡计的人，绝没有好下场。玩火者必自焚，玩水者必灭顶。在民族大义的感召下，参会的各方代表和工程技术人员一致认为，堵口复堤应按照协议进行。经过艰苦的谈判，最后达成《上海协议》，对修复故道、迁移居民和工款救济等事项进行了明确规定，修复故道延迟到 9 月进行，预留四个月时间，让黄河下游地区有时间整修堤坝；联合国总署拨专款救济下游迁徙的民众。经过艰苦卓绝的谈判斗争，周恩来不仅为黄河下游民众赢得了复堤自救的宝贵时机，争取到了必要的救助物资，而且保护了沿黄故道数百万人的生命财产安全，彻底粉碎了国民党当局企图水淹解放区的阴谋。

2. 复堤斗争

1947 年黄河归故后，冀鲁豫黄委会明确提出"确保临黄，固守金堤，不准开口"的治黄方针。会议之后，黄委会组织了二十多万人，开展了全面复堤工作。冀鲁豫行署发布了一则重要公告，要求全区人民群众"立即行动起来修堤自救"，号召大家"一手拿枪，一手拿锨，用血汗粉碎蒋、黄的进攻"。黄委会鼓励广大人民群众多想办法，多多进献石料，把当地无用的石碑、牌坊、基石用于修复黄河大堤，当时的口号是"多献一块石，多救一条命"。

当时国民政府背信弃义，形势极其严峻，一旦防范不力，造成决口，黄河下游就会变成一片汪洋。蒲台治河办事处主任田浮萍内心非常焦虑，进献石料的事情需要多想办法，要有人带头作表率。他忽然想到自家祖坟上有一块大石碑，便想把它捐献出来。可是，自挖祖坟是对祖先大不敬，必定也会被他人指指点点。田浮萍左思右想，自己是一名共产党员，要起先锋带头作用；之所以这样做是为了防止黄河决口，黄河真的决口了，自家祖坟也会被淹。想要治理好黄河，总要有人付出。想着想着，他心里有些释然了。为了黄河下游人民的安全，有人甚至付出了生命的代价，而自己只是把祖坟上的一块石碑捐献出来，算不了什么大事。这件事遭到了整个家族的反对，有人甚至扬言要与他老死不相往来。可是，田浮萍硬是顶住了巨大压力，动之以情，晓之以理，最终说服了家人。他在祖坟前叩了几个头，将石碑运到了修堤工地。一时之间，这件事在人民群众中广泛传播，大家深受感动。在他的引领下，当地群众纷纷效仿，将从各处搜集到的石料全部捐献出来，大大加快了堤坝修复的进度。

当时的情景颇为震撼，广大人民群众纷纷拆除破庙、挖掉墓碑、扒下门楼，千方百计筹集石料。有的把自家的石磨、石碾、捶布石都心甘情愿地捐献了出来。利津县县长王雪亭亲自带领一支运输大队，把筹集到的石料源源不断地运往修堤现场，使堤坝修复材料有了可靠保障。还有许多妇女、儿童也纷纷加入运输大队。不少媒体专门报道了当时热火朝天抢修堤坝的场面，其中《渤海日报》上刊登了一首名为"在

山东军民全力以赴加高堤岸（山东黄河河务局周晚黎供图）

黄河道上"的诗歌，描述了广大人民群众摩肩接踵运输石料的壮观场景："伏雨如注天上浇，黄河滚滚浊浪高。沿河居民心如焚，蒋贼乘机伸魔爪。堵口放水施毒计，复派机特来滋扰。阴谋淹没解放区，群众掀起治黄潮。东邻掀下接脚石，西邻献出石碑料。万人争先献砖石，全力治黄不辞劳。男女老幼齐动员，车儿喳喳马儿叫。黄河道上人接踵，只见行人不见道。"

广大人民群众迅速掀起了修堤的热潮，黄河两岸的人民群众纷纷走上黄河大堤。当时，邻近黄河的博平、聊城两地动员了五万多人上堤修复，他们开展了修复堤坝大竞赛运动。其中，高成法荣获第一名并被评选为修堤英雄，人送外号"半车土"。他总是一个人挑着两个大土筐，从堤下飞速爬到堤上，每次最少挑一百八十斤到两百斤。他们小组每人每天至少要挑十二方土，当时在金堤上创造了挑土量最高的纪录。第二名修堤英雄是江聚厉，他的外号是"火车头"。他推送四车土，就能推够一方，一车能推七百多斤。为了提高推土效率，他还专门买了一个新式推土车。第三名修堤英雄名叫杨振珠，人送外号"爬山虎"，郓城有八十三人与他比赛推土，最后都一一败下阵来。事实证明，没有广大干部群众的英勇奋战，就没有黄河大堤的安全。

令人无法想象的是，广大人民群众在黄河下游大堤昼夜奋战、不辞劳苦，竟还要冒着国民党军队飞机和炮火的轰炸和破坏。于是，他们灵活调整了修复堤坝的策略，白天不能干，那么就夜里干；长时间不能干，那么就短时间干；这里不能干，就到那里干。有的干部群众因此而负伤，还有的甚至献出了自己宝贵的生命。7月15日，临黄堤与金堤险工修复全部竣工，当汛期第一次大洪水到来时，冀鲁豫、渤海解放区的黄河大堤经受了考验，最终安然无恙。

3. 高村抢险

高村位于黄河下游东明县城以北约六公里处，黄河在此从南北流向猛折转向东北。流向突转使得河道陡然变窄，水流湍急，波涛汹涌。因蒋介石下令堵塞花园口，使黄河水进入山东之后由故道入海，高村险工一度损毁严重，虽经修复，但抵御洪水的能力仍十分有限。

1947年4月19日夜间，国民党派人使用铁耙子破坏了高村堤坝上的柳石桩。第四到七号大坝上的铁丝绳全部被破坏，致使堤坝上面漫水，情况非常危险。不久，高村一带坝埽接连被洪水冲垮，出现了严重险情，冀鲁豫黄委会主任王化云立即率人投入抢险行动。当时正值多雨时节，阴雨绵绵、道路泥泞，运输抢险物资十分艰难。大规模物资运输和几千人集中抢险行动不易隐蔽，国民党军队趁机派飞机进行轰炸，经常炸死、炸伤抢险队员；有时还偷袭抢险队，致使抢险队员被迫暂时撤到黄河北岸，造成了抢险时停时进的被动局面。那些留下来看守险工的群众受到了敌人的毒打，修好的坝埽也被敌人大肆破坏，大批物资被敌人烧掉或抢走。东明县沿河民众目睹了工程队队员们冒着枪林弹雨，奋不顾身日夜抢修高村险工的情景，大伙十分感动，纷纷携带各种食物和日用品，前来支持工程队抢险。面对穷凶极恶的敌人，中国人民解放军出动精锐部队，打退了国民党军队的进攻，为高村抢险营造了一个良好的环境。

当时，共调集了东阿、寿张、范县、濮县、昆吾、濮阳、长垣、梁山、昆山、鄄城、郓城和东明十二支黄河工程队，动员了沿河广大的人民群众，并出动了五千多辆大车来回运输抢险物资。由于车多，道路被压坏了，牲畜拉不动大车，群众就把抢险物资从车上卸下来，一捆一捆地背到道路平整之处，再装车前进；遇到泥泞之路，牲畜拉不动，再卸下来由人背着向前走。广大人民群众就是这样不畏艰难、坚持不懈，说什么也要把抢险物资运到工地上。在如此困难的条件下，黄河两岸各县政府全力支援高村抢险工作，做到了抢险工地需要什么物资，就及时运送什么物资。身处抢险第一线的黄河工程队和数千群众为确保黄河不决口，时时冒着枪林弹雨，不分昼夜，顶着酷暑迎战风雨。大家吃的是窝窝头，喝的是黄河水，每人只有一条破麻袋，雨天披夜里盖，露天住宿。即使如此，大伙也同甘共苦，奋战在第一线，高村的险情发生在何处，他们就抢修到何处。无论抢修大堤需多少石料、秸秆、柳枝和麻绳，当地政府都会克服种种困难，想方设法运送过来。当时石料十分紧缺，东明县县长梁子庠和修防段负责人郭浩然采用权宜之计，带领人民群众火速拆掉了旧城墙，并将拆下来的砖石运到工地上。

8月12日夜间，风雨交加，修好的坝垛被冲跑，护岸也被冲毁了。洪水直冲大堤而去，眼看就要决口，万分危急。抢险工程队队员下定决心，冒着风雨，忍着饥饿，拼命抢修大堤。他们就地割掉高粱秸，从水里捞泥，修筑秸料坝埽。大家只有一个想法——无论如何都不能让黄河决口！就在这危急时刻，冀鲁豫行署副主任韩哲一和黄委会主任王化云冒大雨渡河来到高村险工南岸抢险工地，脱下雨衣披在群众身上，亲自动手搬运石料和沙土。崔子明司令员率部队星夜赶来，全体指战员立即加入了抢险行动。菏泽地委书记逯坤玉、专员郭心斋也带领大批群众送来了大量物资，并投入了抢险战斗。大家齐心协力，一直奋战到第二天雨停风静，才保住了堤坝。就这样，历经两个多月的奋战，方才转危为安。

秸料坝埽（山东黄河河务局周晓黎供图）

高村险工转危为安之后，全体抢险队员进行了一次抢险总结经验报告会，并选出抢险模范工程队，进行激励和表彰。对于这次评优选模活动，大家十分看重。经过一个星期的深入讨论，最终一致认可昆吾工程队的杰出表现。该队队员在队长郭友良和指导员孔庆珍的带领下，在敌人飞机的干扰破坏下，冒着大风大雨，始终坚持在抢险第一线，表现出了无比顽强的英雄气概。在最危急的时刻，昆吾工程队担当了异常危险的大溜顶冲任务，并且高质量地完成了这一任务，因此荣膺甲等模范队。同时，东明工程队和寿北工程队也由于突出表现被选为乙等模范队。当天晚上，还举行了隆重的高村抢险庆祝大会，昆吾工程队在热烈的掌声中荣获模范锦旗，上面写着"力转危局"四个大字。修防段的技术人员及工程队队员也受到了一定奖励。凡是坚持在抢险一线的队员，除八月份奖励双倍工资之外，每人额外奖励一身单衣和一双鞋子；工程队的模范队员每人奖励一条毛巾。大家兴高采烈，满心欢喜。

　　高村抢险，党政军民一条心。黄河两岸广大军民和国民党军队、黄河洪水经过反复较量，最终英勇打退了敌人，及时地抢修了高村险工，使黄河险情转危为安，避免了黄河决口泛滥的灾难，保卫了山东解放区，有力地支援了解放战争的胜利。

（三）新中国黄河治理

1. 毛主席视察济南黄河

　　毛主席热爱黄河，对黄河怀有一种特殊情结。长征途中，毛主席第一次坐船渡黄河，面对"黄河之水天上来，奔流到海不复回"的宏伟气势，他对身边人说，黄河所代表的就是我们民族的精神。在延安时，他带警卫去看黄河，又感叹没有黄河就没有我们这个民族。毛主席第二次渡黄河时，曾深情地自言自语："这个世界上什么都可以藐视，就是不可以藐视黄河；藐视黄河，就是藐视我们这个民族啊！"由此可见，黄河在毛主席心目中的崇高地位。

　　1952年10月27日，一个秋高气爽的日子，毛主席来到济南泺口视察。在当地领导的陪同下，他视察了灾害严重的泺口险工。毛主席站在大坝之上，遥望着滚滚而逝的黄河之水陷入了沉思，良久才回过神来。他询问这里黄河的水平面要比济南城内地面高多少，在得知足足高出六至七米后，毛主席郑重地嘱托当地领导，一定要把大堤、大坝修牢，黄河水坝千万不能出事，出事就是大事。然后，毛主席顺着大堤往前走，一边走一边不断地叮嘱如何修好堤、修好坝，并特意强调如遇雨季大水，要发动群众上堤防守，必要时也要让军队上去坚决防守，

18

绝不能出事。随后，毛主席登上了泺口大坝。站在大坝上，他再一次目视远方，表情又一次凝重起来。沉思片刻后，毛主席感慨道，黄河水泛滥会给人民造成危害，但治理后，黄河又能为人民造福。

毛主席继续往前走，突然看到大堤之外有大片盐碱地，颇为吃惊。原来是因为黄河地势高，大堤外面地势低，再加上小清河多年来未加以疏通，排水不畅，造成耕地盐碱化，种不保收。当时在场的民众反映，这片十五万多亩的土地，确实无法种植农作物，年年没有好的收成，生活极为艰难。当地民众还因此编了一首民谣："春天一片霜，秋天明光光，豆子不结荚，地瓜不爬秧。"毛主席听到这首民谣之后，心情越发沉重。他紧锁眉头，随即指出，可以引用黄河水淤地，改种水稻，再疏通小清河排水。这样能让群众吃上大米，少吃地瓜。陪同他的当地领导表示，虽然还没有这方面的经验，但一定会试试看。

1959年，毛主席再一次来到济南视察黄河。他感慨万千："人说不到黄河心不死，我是到了黄河也不死心。"毛主席心怀天下，心系百姓，济南市人民政府也没有辜负毛主席的殷殷重托，加大力度治理黄河，最终成功改良了盐碱地，实现了引黄种稻，切实提高了当地民众的生活水平。

2. 第一次大复堤

新中国成立后，黄河堤防修复建设工作逐步开展，曾进行过三次大规模复堤。1950年到1957年，开展第一次大复堤。

这次大复堤的主要任务是修补黄河大堤的残缺部分，加固堤防薄弱之处。第一次大复堤期间运土的工具极其简陋，主要有挑篮、独轮小推车、排子车、大车、胶轮车和少量汽车，这些工具常常混杂在一起使用。

山东惠民县修防处的吴加元回忆当时的经历：每当修筑黄河大堤或是建造水闸时，地方政府就会统一组织施工，从县到村再到生产队，都要指定具体的参加人数，这是当时青壮年男子人人应尽的义务。组织方式则是实行军队的编制形式，以便统一管理。每个县设一个团部，每个公社设一个营部，每个大队设一个连部，每个生产小队则是一个最基本的施工单位。施工地段由技术人员统一划定之后，大家采用抽签的方式，逐级分配任务。装土时用铁锹，运土时用独轮小推车，整个过程几乎都是靠人力来完成的，独轮小推车也是群众自己家的。

独轮小推车在第一次大复堤中发挥了不可替代的作用。虽然它载土量有限，每车只能装 0.067 立方米土，14 车才能推送一立方米，但也有自身优势——数量多，家家户户都有，体量小而灵巧，在黄河大堤上下相对比较方便。可是使用独轮小推车推土，并不是一件容易的事情。一辆独轮小推车装满土后，能达到四五百斤。施工人员将车上的绳子挂在脖子上，两手紧紧抓住车把，前进和上坡时腿和手要均匀用力。保持小推车的平衡很不容易，随着坡度的增加，难度还会越来越大。

生产队队员一起住在工棚或民房，早上统一出工，晚上统一收工，按照出工的天数计算工分。每个团部设立一个专门食堂，有专门的炊事员，有时可以吃上白菜炖肉和萝卜炖肉。肉块虽然不多，但在当时已算是奢侈的伙食了。各个单位完成任务后，都要经过技术人员专门验收，检验合格后方可回家。生产队队员有时要在工地待二十多天，有时则是一个多月，如果遇到工程需要返工的情况，停留时间可能还会更长。参加第一次大复堤工作的广饶县团部高团长能说会道，善于动员部下，他还编出了一个顺口溜给人们鼓劲："人山人海修黄河，肩拉人扛降洪魔，争分夺秒赶进度，早日回家看老婆。"这个顺口溜正是对当时修复大堤的工作情景和劳动者个人内心的真实写照。

由于推土工具简陋，效率比较低下，上级部门不断想办法提高施工效率。不仅深入推进有关大复堤重要意义的教育活动，而且组织了独轮小推车推土劳动竞赛，优秀者奖励小米。那个时期，家家户户赖以生存的食物极具诱惑力，可以激发人们的劳动热情。在第一次大复堤中，郓城县李集镇罗楼村的罗永亮开创了独轮小推车日推土 12.22 立方米的纪录。榜样的力量是无穷的。此后，先后有近百名队员突破了独轮小推车日推土 10 立方米。鄄城县吴崇华接着又创造了独轮小推车日推土 25.03 立方米的纪录，同县的夏崇文再次将此纪录刷新至 27.65 立方米。二人因此被推选为全国劳动模范，出席了全国英模代表大会，并荣幸地见到了毛主席。他们回来时坐着花车巡游黄河两岸，当地人民为此感到无比光荣。

第一次大复堤极大地改变了黄河堤防工程的原有面貌，增强了其防御洪水的能力，为保证黄河不决口奠定了基础，也在组织施工、人员管理和确定各项技术标准方面积累了丰富经验。

3. 綦家嘴险工建设

利津县綦家嘴位于黄河岸边。1950 年春，黄河下游第一座引黄淤灌闸在此开工兴建，这一工程经利津、沾化进入徒骇河。在工程建设过程中，田浮萍（1920—2009）和陈允恭（1904—1958）的贡献尤为突出。

田浮萍是山东博兴人，解放战争胜利后，他脱下了军装，从此投身于治黄事业。得知山东省计划修建綦家嘴险工工程后，田浮萍主动请缨，肩负起建设的重任。这一工程对于当时的建设者而言极具挑战性。黄河历来是"善淤、善决、善徙"，黄河下游大堤一直被世人视为修建引水工程的"禁区"。国民政府曾在王庄险工试建引黄虹吸管道，但最终并未发挥任何作用。田浮萍下定决心，作为这一工程的全程指挥员，他一定要成为第一个"吃螃蟹"的人。

要敢于突破前人治黄的"禁区"，又不能鲁莽冲动，田浮萍不敢有任何大意。他精心组织工程人员，仔细勘探和调研黄河大堤的地质状况，最终发现綦家嘴原来是一个大坑潭。在此处修建闸门，是件一举多得的好事情——从工程理论上看，不但可使沙子沉落下来，也可引淤泥于贫瘠之地，还可以供水浇地。在指挥施工的过程中，他反复研讨、认真组织，小心翼翼地开挖黄河大堤，既保证了黄河大堤不出意外，又高质量地修建了一个引水涵洞。在那个经济困难的时期，他又千方百计地为引黄工程建设者提供有力的后勤保障，保证了全体工程人员的伙食质量。在他的多方协调下，綦家嘴引黄闸施工进度得到了根本保证。

陈允恭是山东邹平人，中央大学工学院土木系毕业，在綦家嘴引黄放淤工程建设中担任技术负责人。他为这一工程的建设提供了科学指导，使整个工程得以顺利推进。在綦家嘴险工建设方面，他提出了一套独特的方案。第一步是在黄河大堤上开建一个引水涵洞，但所引水的流量不能太大，他将水流量设计为每秒一立方米。第二步是在大堤后面修建一个套堤，再在套堤之上修建一个退水涵洞，充分利用大堤与套堤之间的洼地。洼地的面积大约有五十三万平方米，正好可用于放淤沉沙，以此来改造盐碱地。第三步是在套堤之外再挖掘一道排水渠，接着引黄河水进入徒骇河。这一做法一方面可以收到放淤效果，另一方面也解决了靠近水渠两边居民的饮水问题。

1950 年 8 月 31 日，是一个特别喜庆的日子。利津綦家嘴险工建设正式完成，启动引黄闸开始放水。从此，利津、沾化地区二十万人民群众喝上了甘甜可口的黄河水。这一天，来自四面八方的人民群众，像赶集市一样涌向了綦家嘴险工所在的黄河大堤，每个人都想看看黄河之水是如何流到周围农田里的。

綦家嘴引黄闸的建成，打破了黄河下游不能破堤建闸的"禁区"。这一工程的技术难度和工程量之大，极其罕见。綦家嘴引黄闸的建设克服了种种困难，成为引黄发展史上的一个标志性工程。山东曾流传着这样一首民谣："实验开建引黄闸，始于一九五〇年。地点选在綦家嘴，设计流量'一点点'。试用一段很安全，放开胆子加快干。截至一九六六年，六处闸口都建完。设计能力六十六，黄灌区内大增产。"这首民谣不仅反映了綦家嘴引黄闸在工程设计上的小心谨慎，而且折射出这一工程建成之后产生了良好的示范效应。

4. 打渔张引黄灌溉

1956年3月，开始兴建打渔张引黄灌溉工程，仅仅用了九个月时间，工程就已竣工，开始投入使用，收效很好。百姓们高兴地赞道："沿河人民笑颜开，滚滚黄水出河来，黄河岸上做大闸，永远战胜水旱灾"。

1981年、2017年，又分别新建了两座引黄闸。打渔张有三座引黄主闸，第一座最古老，海拔最低，历经岁月沧桑；第三座最宏伟，矗立在另外两座水闸的中间。三闸并立，引导黄河水东流入海。在三大主闸的下游，分布着大小不同、呈放射状的五座卫星闸，分别是引黄济青闸、老干一闸、三合干闸、稻改干闸、十三条渠闸。这八座引黄闸一起构成了黄河三角洲一道独特的风景线。

当地乡亲按照三个主闸"年龄"的大小，亲切称呼它们为"老年闸""壮年闸"和"少年闸"。老、壮、少三座引黄闸的诞生历程，也是一部浓缩的治黄史。"老年闸"凝聚了无数建设者的汗水，从开工建设到开闸放水，仅用了不到一年的时间，背后是惠民、胶州、昌潍、泰安等地施工人员"撸起袖子加油干"的努力奋斗。在荒芜的盐碱地上，勤劳的人民抡了第一镐，运了第一车沙土，凿了第一块石料。经历了夏天的挥汗如雨，终于在秋天收获了甘甜的果实。自开闸之日起，打渔张引黄闸便担负起了防洪、泄洪与为工农业生产和城镇生活供水等使命，为沿黄、沿海的博兴、广饶、垦利等县的大量耕地增产提供了水利保障，并成功改造了附近的盐碱地。如今，"老年闸"已不再具有当年的英姿，却永远拥有黄河引水闸的首创地位。

"壮年闸"是为了满足越来越高的防洪和引水的要求，在改革开放年代兴建。它担负起引黄济青供水和胶东调水的任务，为青岛、潍坊、烟台、威海等地带来了巨大的社会、生态和经济效益。为了应对"壮年闸"线路老化、机能损坏等问题，"少年闸"的建设，最富有新时代的气息——高超的建筑工艺，先进的管理技术，使它很快竣工投入使用。

20世纪50年代，国家实施第一个五年计划，决定兴建大型引黄灌溉工程，而从黄河上引水的第一个闸门最初就选在了打渔张。打渔张引黄灌溉工程，是山东开发最早、规模最大的引黄灌溉工程。打渔张原本是东营黄河岸边的一个小村庄，后来考虑到施工的安全性，这一灌溉工程选址改在了滨州博兴乔庄镇，但工程的名称依然沿用了"打渔张"这一叫法。

舒同作为打渔张灌区引黄闸工程的组织者和领导者，当年亲自题写了"山东打渔张灌区引黄闸"十个大字，如今依然在"老年闸"上闪着金光。遒劲的字体、苍老的闸门，二者交相辉映。从"老年闸"到"壮年闸"，再到"少年闸"，打渔张的三座引黄闸犹如一座座丰碑，镌刻着新中国治黄人不朽的历史功绩。

5. 研制吸泥船

"放淤固堤"一类的防汛手段自古有之——使河流汛期带来的泥沙在两岸滩地或堤背之后的洼地落淤，可以巩固堤防。但过去施工技艺落后，工作效率较低。为谋求解决之计，20世纪60至70年代，齐河黄河修防段职工受虹吸引黄灌溉沉沙淤地的启发，提出研制吸泥船机淤固堤的想法。

山东黄河河务局原党组书记、局长田浮萍时任黄河水利委员会工务处处长。他生在黄河岸、长在黄河岸、葬在黄河岸，是黄河的儿子，也是"红心一号"吸泥船造船组的核心。五十年后，当同事们提起田浮萍时，都不约而同地称他是"红心一号"造船组的精神支柱。受历史条件的制约，当时生产资料严重匮乏，制造吸泥船一没技术、二没设备、三没经验。凭着"一颗红心两只手，自力更生样样有"的宏伟壮志，想象着吸泥船的样子，一行人开始着手建造吸泥船。

在那段艰苦岁月里，田浮萍和造船组职工们一起，凭着仅有的一部电焊机、两个氧气瓶和几把大锤，大胆钻研，修旧用废。1970年2月，在前期不断试验的基础上，齐河修防段成立造船组，拉开了试制吸泥船的序幕。他们在南坦险工的空地上挖土平坑、垒石筑墙，随着一间简易厂房"拔地而起"，一场轰轰烈烈的造船事业在母亲河畔铺展开来。场地确定后，职

"红心一号"吸泥船（山东黄河河务局周晓黎供图）

工们开始自己动手修整坑坑洼洼的土地，搬石头砌墙，拉起破帐篷当厂房。没有机械压平机，职工们就使出浑身的力气，用大锤把钢板一点点砸平、压展；没有圆钢加工设备，职工们就平地挖炉，冒着高温将灼烧后的圆钢烧了砸、砸了烧，一锤锤、一錾錾，反复上百次将圆钢加工成型；没有起重设备，他们就赤膊上阵、肩扛人抬……造船的过程中，有年轻职工施工时从铁质高塔摔落，缝了几十针；有技术员张传娥不幸流产；有袁根喜、范方贵等多名骨干人员先后受伤……但这些都没能阻止吸泥船的建造。电焊工人李少敏，刚开始没经验时经常面临钢板烧窟窿、焊缝焊不透的技术难关，眼睛被强光刺得肿胀难忍，衣服被火花烧成了"马蜂窝"。经过刻苦钻研，他在较短时间内掌握了电焊技术。造船组成员还受车床上花盘的启示，造出了一台能够弯成各种不同角度的"万能胎具"。黄河造船组职工孙承安后来回忆道："我们根据施工需要，制造了很多土造机具，有丝钢钳、杆钳、压螺丝平锤等，足有十多种，保证了造船的正常进行。"

吸泥船建造的参与者张家和哽咽着慨叹造船经历："这船，造得是真不容易……"垫起的方木成为船台，十几磅的大锤摇身成了压平机，赤膊上阵的人们取代了起重设备。坝头上，铁锤声、电焊声、号子声里，黄河上第一支简易机动自航式钢板吸泥船——"红心一号"终于问世。1970年9月，在南坦下水试验成功。很快，这项简便而实用的技术便在齐鲁大地上掀起了机淤固堤的热潮。

1978年，机淤固堤技术获得全国科学大会奖。直到如今，在黄河下游蜿蜒的河道内，依然有一只只依傍大河的吸泥船，夜以继日地抽沙淤地、加固堤防。它们不仅夯实着母亲河的铜墙铁壁，也铭记着田浮萍等老一辈治黄人攻坚克难、自强不息的峥嵘岁月。

6. 建造绿色长城

在全面大规模的社会主义建设过程中，山东各级团组织带领青年热烈响应党的号召，带头掀起向荒山、荒滩进军的热潮，开展了大规模的造林活动。1958年3月，沿黄各县团组织联合举办了山东省青少年绿化黄河誓师大会，提出的口号是"苦战三天，绿化黄河"。倡议黄河两岸十九个县二十万青少年，开始为期三天的义务劳动，集中绿化山东境内一千多公里的黄河大堤，建造属于黄河的绿色长城。山东省副省长张竹生在报告中勉励绿化积极分子："我们不但要征服黄河水患，战胜水旱风沙灾害，而且要用我们的辛勤双手把千里大堤变为绿色长城"。惠民县青少年代表在誓师大会上动员全县青少年，将绿化惠民县黄河大堤。

山东各地沿黄青少年立即行动起来，济南、菏泽、惠民地的青少年造林积极分子，以及青岛、海阳、胶南等沿海地区的青少年，开始在黄河两岸营造防护林。许多地区组织了青少年造林远征队，开往深山，进行造林大会战。寿张、章丘等县的青少年，由于分配的植树地点距离较远，为了争取提前完成任务，选择跑步前进。到达工地后，他们脱掉汗衫，拿起锹镢，全身心投入植树造林活动当中。齐东县一个名叫于云清的青少年挖的树坑又深又好，栽上树苗后，他还会反复用棍打、用脚踩。他给大家分享自己的植树经验："栽树打不实、踩不好，树苗子就活不成。"历城县坝子乡的团支部书记王殿玉，脱下了厚厚的棉袄，只穿一件白衬衣，种树十分起劲，一会儿便满头大汗。旁边的人劝他休息一下，他笑着说："建设绿色长城，我有使不完的劲头。"很快，分配的任务完成了，两岸的黄河大堤上种植的小树苗仿佛一排排笔直站立的卫兵，青少年的脸上洋溢着愉快的笑容，似乎他们已经看到了绿色长城。

钊迎春是济南历城的一名女学生，是参加绿化黄河誓师大会的青少年代表之一。钊迎春清楚地记得，中共山东省委书记处书记师哲接见青年代表时鼓舞大家："绿化黄河是一个伟大任务，相信广大青少年一定能出色地完成。"当时她坐在会议大厅里，眼望主席台，暗暗下定决心："一定要尽最大努力为绿化黄河奉献自己的力量！" 3 月 28 日，两百多名青少年代表来到济南泺口黄河南岸的大堤上，由此拉开了建设黄河绿色长城的序幕。然而，就在前一天晚上，钊迎春受凉发烧了，但她坚持参加植树活动。有同学劝她注意身体，而她毅然决然地说："为了建造绿色长城，我甘愿付出'革命的本钱'。我一定要参加绿色长城建设！除非我爬不起来。"

此后，植树造林依然在持续，山东在渤海垦区进行大规模开荒生产，团省委动员三千多名青年，到东营孤岛地区进行植树造林大会战。中国共产主义青年团中央第一书记胡耀邦亲自来工地看望青少年，并与他们一起植树。他挥笔写下了两首诗歌赞扬青少年的植树活动。第一首诗歌为："青年干得欢，大战渤海滩，造起万顷林，木材堆成山。"第二首诗歌为："黄河万里送沃土，渤海健儿奋双手，劈开荆棘建新舍，定教荒岛变绿洲。"

在建造绿色长城的大会战中，从山区到平原，从内陆到沿海，到处都有青少年奋力植树的身影。团组织发动青少年广泛开展种树活动。淄博专区 1.5 万名青少年组成远征造林师，建起山东第一个机械化林场。他们用了四五年的时间，一次次战胜春旱秋涝、海水淹没等自然灾害，克服了口粮不足、生活用品缺乏、饮水定量供应等困难，顽强拼搏，扎根垦区，种植了亚洲最大的十万亩人工刺槐林。

二十万青少年绿化黄河两岸的身影，永远定格在了那段艰苦奋斗的岁月，正是有了这二十万绿化战士，才有了黄河两岸的绿色长城。国务院发来一则贺电，高度评价广大青少年建造黄河绿色长城的行动，称它"不仅是一项绿化工程，也是一项教育工程，充分展示了我国青年奋发进取、大有作为的时代风貌"。

7. 历城县巧用黄河水

历城县（今济南市历城区）地处黄河下游，位于济南北部黄河与小清河之间。由于该处黄河河床高于地表，河水不断渗透，沿河两岸的土地盐碱化逐年加重；又加上修堤大量用土，黄河两岸的大堤上到处是大大小小的水坑。新中国成立前，每到雨季汛期，北部有黄河水的渗透，南部有小清河洪水的冲击，雨水无处排泄，历城县形成了大雨大灾、小雨小灾的现象。由于受洪、涝、沙、碱四大灾害的影响，历城县经常是土地荒芜，十年九不收。

新中国成立后，在中国共产党的领导下，历城县广大人民群众治黄的斗志十分高昂。他们尝试综合利用黄河水沙资源，展开了引黄淤灌、治理碱地的实验。历城县广大人民群众因地制宜、自力更生，先后修建了十多处引黄提水站、一千多座桥闸涵洞和纵横长达两千五百多里的排水灌溉渠道。与此同时，他们改良耕作制度，改旱田为水田，积极种植水稻，改变了原来低产的状态。

历城县在引黄灌溉过程中，利用引黄河水沉落的泥沙，在黄河大堤背水的一面淤起一个堤背，初步改变了汛期黄河

虹吸工程（山东黄河河务局周晓黎供图）

大堤临水、背水两面都受水浸泡的状况，巩固了堤防工程。
同时，还利用坑、塘、沟、渠，发展了鱼、苇、蒲、条等多
种经营生产，增加了集体收入。历城县人民群众在治黄实践
中感受到，黄河有害也有利。它在当地属于地上河，不利于
防汛，但是有利于引水；它不断向外渗透，会引起两岸土地
的盐碱化，但引黄河水灌溉可以起到洗碱的作用；黄河水中
含有大量的泥沙，淤积渠道，但可用来淤地固堤。人们高兴
地说："黄河水，是个宝，看你用好用不好。"

　　从1955年起，历城县在黄河大堤上兴建虹吸工程，引黄

河水灌溉农田，收到了很好的效果。通过这一工程，这一地区改旱田为水田，种植水稻三万亩。由于当时水稻育苗插秧需要大量用水，但黄河正值枯水期，虹吸管吸不出水来，结果只收了四五百亩，其余禾苗全部枯死。这个时候，有人扬言："黄河水可用不可靠。"一些人开始对"引黄种稻"失去了信心。后来，历城县政府认真总结经验和教训，认识到虽然大部分稻田没有收成，但几百亩有收成的稻田，平均亩产量却比旱田高出了一倍多。所种水稻大幅增产是既定事实，引黄灌溉、改旱田为水田、扩大水稻种植面积，既能抵御涝灾，又能压碱和冲碱，是当地迅速发展农业生产的好办法。只要设法在黄河枯水期保证稻田用水充足，就可以大面积种植水稻，改变当地低产的状况。历城县政府继续发动群众，反复进行实践，终于创造出一种大水时虹吸、枯水时用机械提水助吸的方式，使黄河水变得既可用，也可靠。在次年黄河又出现枯水的情况下，仍然保证了稻田正常用水，十万亩水稻最终喜获丰收。

历城县在引黄灌溉和改旱田为水田的同时，还进行其他探索试验，对引黄沉落的泥沙做了妥善处理，使之有利于发展农业生产。黄河含泥沙量巨大，经过沉淀之后才能灌溉稻田。最初为了解决沉沙问题，历城县干部带领广大人民群众沿黄河大堤修了一些沉沙池，每年秋后，再组织大量劳力清理淤泥。那时广大人民群众常说："看看稻子怪喜人，想想泥沙怪愁人。"他们常常把泥沙看作引黄种稻的一个"大包袱"。经过几年的沉沙落淤，沿着大堤的水坑、洼地后来渐渐淤成了高地，提高了大堤的抗洪能力，改变了过去大家担忧的"大堤年年长，土地年年落"的局面。于是，人们开始自觉地结合稻田用水机制沉沙淤高堤背，把"大包袱"变成了护堤的"好宝贝"。

沿黄地区的历城县人民巧用黄河之利，巧避黄河之害，综合利用黄河的水沙资源。1964年以来，该县淤积起了一个总长二十二公里、宽二百多米、高两米左右的大堤背，并淤成了农田三万多亩。历城县人民在发展引黄淤灌事业的过程中，经历了一个从引水到怕水、再到合理用水的曲折过程。

8. 平阴县兴建引黄工程

黄河养育了中华民族，两岸人民都受到它的润泽。然而位于黄河沿岸的平阴县由于62.3%都是丘陵和山地，居民取水相当不易。除了少数的低洼地带和平原，全县大部分地区经常面临用水的困难。

1968年汛期，山东黄河河务局曲子玉处长到平阴检查黄河防汛情况，恰逢公社干部和农民因为淤洼造地产生严重分歧。公社干部说："淤洼造地，要牺牲一部分幼苗。"民以食为天，老百姓坚决不同意。曲子玉凭着自己丰富的治理黄河经验出言献策："尊重老百姓的意见吧，洼地就别淤了，留着作为后用。"大伙听了，脸上露出了笑容。曲子玉又说："我已经考虑很久，要在此处建一座水利灌溉工程，把黄河水引过来。"这是山东黄河治理人第一次提出在平阴修建引黄工程的构想，曲子玉的一番话，让当地百姓备受鼓舞。

1968年秋，平阴县遇特大干旱，三十万亩夏播作物有一半枯死绝产，十万亩减产，八万多人吃水困难。解决平阴的供水问题迫在眉睫，平阴县政府经过充分论证以后，决定立即开始引黄灌溉工程的建设。为了纪念毛主席在 1952 年 10 月 30 日视察黄河大堤，发出"要把黄河的事情办好"的指示，该工程被命名为"1030"引黄工程。1968 年冬季，"1030"引黄工程总指挥部正式成立。开工命令下达后，数万名建设者从四面八方涌向工地，施工区附近的村民们就像当年战争时期支前一样，积极地为建设者提供衣食住行等一切保障。工地上红旗招展，建设者们干劲十足。附近的村民李大爷曾经参加过淮海战役的支援工作，如今也来支持工程建设。他说："只要能过上好日子，现在吃点苦不算什么。"

经过三年的艰苦奋斗，1971 年 11 月引黄工程竣工。水流所至之处，人们欢欣鼓舞，还有老人激动得泪流满面。七十多岁的老大爷陈玉常感慨万分地说："这是共产党、毛主席送来的幸福水，好甜啊！"工程建成之后，1972 年至 1990 年期间，灌区内有效灌溉面积二十二万亩，灌区的粮田实现了旱能浇、涝能排，粮棉产量由低而不稳变成了稳产高产。与此同时，黄河水还补给了河流和地下水源，使当地气候变得更加湿润。时光荏苒，如今的平阴物产丰足、生态宜人，宛如世外桃源。

在三年的工程建设中，建设者们发扬了"自力更生、艰苦创业、团结协作、无私奉献"的红旗渠精神，成功兴建了属于山东的"红旗渠"。受限于当时的技术条件，工程建设难度很高，期间曾发生多起事故，有的群众甚至为了建设将热血洒在了黄河沿岸。但这仍然阻挡不了英雄的人民努力克服困难、建设美好家园的决心。一个个奋斗的故事，带给了今天的人们无比宝贵的精神财富。

9. 决战黄河

1959 年 11 月 25 日，济宁位山枢纽工程的工地上，正在举行决战黄河的誓师大会。人人精神振奋，立下铮铮誓言："英雄立下凌云志，不断黄河誓不休。"决战黄河的号令响起时，坝头的施工队员立即投身于紧张的行动之中。施工队员中既有生龙活虎的河工，也有白发苍苍的老者。有一位老河工薛九龄，当时已经七十多岁了，他时常因为担心工程出问题顾不上休息。当夜幕降临时，万盏灯火把工地照得如同白昼。冬夜里寒风彻骨，河工马成让擦了擦脸上流下的汗水，用力抢起五尺多长的大板，把埽面打得像桌面一般平整。他和兄弟马成福都是打板的技术好手，打了几十年大板，可从来没有像现在这样起劲。

施工进行到第七天时，天空乌云密布，下起了大雨。风雨虽大，却不能阻拦奋战的勇士们。在组长李保福的带领下，捆厢船上的十二名勇士投入了紧张的战斗，他们的棉衣、鞋袜都湿透了，但大雨不能淋湿那一颗颗火热的心。他们已连续坚守五天四夜了。坝埽上的秦连生和韩芳华似乎没察觉到倾盆大雨的到来，依然抢着油锤，把一根根木桩打进秫秸中。泥泞的道路给运料增加了困难，指挥部副指挥刘习斌和一百多名干部抬着大筐的沙土，相继出现在坝头上。坝埽上有人喊："刘书记他们抬土支援我们来了！"

在决战黄河的日子里，黄河岸上摩肩擦踵，黄河之中船舶如梭。有一支运料大军，由来自聊城、寿张、临清的16500人组成。144万千克秸料，18000多方土，2600方石料，随着运料大军的快速行动，化成了一座座坚固的占埽。技工们夸奖他们："运料的同志真是英雄汉。"他们风里来雨里去，确保材料供应充足。寿张县夹河公社的邢金良说："黄河六次淹了俺的家，淹死了俺的娘，逼着俺到天津、东北去讨饭。今天共产党要把害河变利河，俺愿拼到底。"茌平县在"一切为了截流"的号召下，全民动员，全党动手，承担了运送秸料的任务，并超额完成任务。当时县领导的决心是：要多少料送多少料，要什么供应什么，什么时候要什么时候到。完成任务后，他们还准备了二十余万斤苇子，以防柳枝不够。

12月8日，夜幕降临时，指挥部下了一道紧急命令：在十八个小时之内，要将一千五百多方土、二十余万斤秸料送到大坝之上，大坝方可稳如泰山。听到这个动员令，刚刚下班的民工又一次扛起干活的工具，从四面八方跑向工地。大坝上秸料堆积如同小山，运土车犹如长龙，机器轰鸣，人声鼎沸。"用尽最后一把力气，也要把大河坚决堵住！"在冲锋号角的鼓舞下，大伙忘记了疲劳，从晚上六点半一直干到第二天曙光初现，位山枢纽工程顺利完工。

当时决战黄河的场面十分壮观，位山枢纽工程工地上，二十余万劳动大军日夜奋战。从11月25日到12月9日，仅用了十四天，位山枢纽工程就像一把利剑一样把凶猛的黄河拦腰斩断了！从此结束了百年来奔腾咆哮的黄河泛滥为害的

引黄济青工程示意图（山东黄河河务局周晓黎供图）

历史。位山拦河大坝山脚下，七十二岁的老人黄玉谦无比动情地说："这一辈子又少了一件心事，再也不用担心子孙们遭受黄河的洪水了。"

10. 引黄济青

从 20 世纪 70 年代起，青岛就开始遭受缺水的困扰。党中央、国务院对青岛缺水问题十分关心。1984 年 7 月，李鹏等中央领导同志在视察黄河时，认可了山东提出的引黄河水到青岛的构想，并指示引黄济青工程搞成明渠，既可送水到青岛，又可为沿途农业生产提供便利。

1986 年 4 月 15 日，引黄济青工程拉开了序幕。该工程西起博兴打渔张险工处，全长约二百九十公里。这是一项浩大的工程，饱含了太多人的汗水和无私奉献。已近古稀之年的孙贻让，挑起了总工程师的重担。接到任务后，他二话没说，收拾好行囊，告别家人，迅速来到了工地上。

引黄济青工程占地六万多亩，需要迁移民众三千二百多人。这意味着许多农民将要离开祖祖辈辈居住的村落，到一个完全陌生的地方另立家园。开始时有人担心迁移工作不好做，但向农民讲明情况后，谁也没有给工程出难题。搬迁任务进展十分顺利，原计划三年完成，实际上只用了一年多的时间就完成了。

引黄济青工程中最大的项目是建设棘洪滩水库，它的质量要求高，技术也很复杂。工程指挥部多次召集设计和施工两个单位的专家、技术人员进行研究和论证，并派人到云南、贵州交界处的鲁布革水电站取经，博采众家之长。之后，他们对水库原定设计方案进行了认真修改，确定采用砾质土混合料作为防渗体，不但提高了工程质量，而且仅此一项革新，就节省资金 1946 万元。

原济南军区派出近万名指战员组成援建大军，周茂文是引黄济青工地上的一位指挥员。他患有严重的风湿性疾病，不得不佝偻着腰走路。自从来到援建工地，不论是医生的命令，还是妻子的来信，都不能使他后退一步。连续几个月，他带领指战员披星戴月地在工地上苦干。为了跟班作业，他每天劳动归来腰痛得不行，就借助老乡的烧炕头进行"理疗"，即使大热天也是如此。

引黄济青工地上还有一名战士叫杨瑞峰，是湖北宜昌地区一个富裕户的子弟。他的父亲在家乡承包了一座水电站，还买了一辆东风牌汽车，拥有一幢舒适的楼房。家里多次来信要他退伍回去开车，但他都拒绝了，他说："引黄济青，解决青岛人民缺水是件大事，我们要先富国后富家。"

要把黄河水引入青岛，必须顺着该市郊区的白沙河中心，挖一条上宽二十米、底宽五米、深十米、长一千米的大型渠道，这是整个工程最艰巨的一项任务。一千多名指战员在白沙河工地摆开了一个"战场"，他们刚挖下一米深，就出现大量浸水。施工大军顶狂风、冒严寒，脚穿水鞋，站在刺骨的冰水里，一面排水，一面施工。干部和战士迎难而上，镐头刨不动，就打眼放炮，凭着吃苦耐劳的精神，终于完成了任务。经过三年多的奋战，引黄济青工程正式竣工。李鹏总理为引黄济青工程题词，挥笔写下"造福于人民的工程"八个大字。

1989 年 11 月 25 日，引黄济青工程竣工，黄河之水正式送往青岛。在工程建设的过程中，广大干部、人民群众和人民解放军发扬了艰苦奋斗、顽强拼搏的精神，他们精心设计、精心施工、团结一致，整个工程建设速度快、质量好、投资省。

11. 建设标准化堤防

治理黄河，谈何容易。过去黄河下游地区因为"地上悬河"而频频决口，给沿岸人民带来了无尽的灾难。1946 年，在中国共产党的领导下，成立了冀鲁豫解放区黄河水利委员会，翻开了人民治理黄河的历史新篇章。此后，黄河虽再没有发生大的决口，但每到汛期，河滩附近居民仍会受到河水漫延的危害。李厚德原是济阳河务局的一名普通职工，毕业于黄河水利学校，他一生的愿望就是守护黄河岁岁安澜。李厚德一直兢兢业业，坚守岗位，为黄河治理默默贡献着自己的力量。

进入 21 世纪后，国家从 2002 年开始投入巨资，在黄河下游地区实行标准化堤防建设。标准化堤防建设就是通过对黄河堤防进行堤身加宽、放淤固堤、险工加高改建、修筑堤顶道路、建设防浪林和生态防护林等工程的建设，使下游堤防成为"防洪保障线，抢险交通线，生态景观线"。

2004 年，李厚德到东明标准化堤防工地上参加工作。"宁让汗水漂起船，不让工期拖一天"，在不到一年的时间里，他调解和处理各类拆迁、占地纠纷一百多件，受到同事们的一致称赞。一天夜晚，工友老王看到他吃完饭后独自跑到一边偷偷吃药，才知道原来他患有肾结石，怕工友们知道后担心，就一直瞒着大家。领导们得知这一情况，要求他先回家治病，可是李厚德说："堤防工程是治理黄河的关键性战役，我虽然没有当过兵，却也不想在关键时刻当逃兵。"最后，他的身体实在无法支撑，才到医院做了手术。李厚德心系堤防工程，他躺在病床上，心里想的却是工地上的事情。于是，还没有痊愈，他便赶回了工地，强忍疼痛战斗在第一线。一个工友劝他："工地上不是还有我们吗，你要多休息，身体是革命的本钱。"他答道："革命时期我们的战士为了胜利，可以牺牲自己的生命，现在为了黄河的安宁，我也应该尽我最大的努力。"就这样，他一直坚持"轻伤不下火线"的原则，将工地变成了自己挥洒热血的战场。

2005年5月，施工进入冲刺阶段，李厚德的身体也在繁重的工作中变得越来越差。一天，李厚德突然感到疼痛难忍，在工地连续输液十几天仍不见效，被同事强行送回家治病。经医生诊断，他患了膀胱癌。得知这一消息，大家都说："李厚德太要强了，这是累倒的啊！"在等待手术的间隙，他仍放心不下堤防工程建设工作，又拖着病弱的身体坐长途汽车回到了工地。三个月后，李厚德永远离开了他一生热爱的黄河。在死神面前，他仍然想着堤防，想着黄河。

"顾全大局，忍辱负重。不达目的，誓不罢休。"在无数个像李厚德一样平凡而又伟大的工人努力下，经过长期的标准化堤防建设，黄河的综合治理取得了骄人的成绩。尤其是山东济南黄河标准化堤防工程，更是获得了2008年度中国建设工程最高奖——"鲁班奖"。这也是人民治理黄河六十多年来第一个荣获"鲁班奖"的黄河防洪工程，标志着黄河标准化堤防在设计理念、施工质量、建设管理等方面均达到了国内领先水平。这一工程建设有效缓解了"地上悬河"对黄河两岸安全的威胁，改善了生态环境，成为水利建设与生态建设有机结合的典范。

岁月如梭，沧海桑田。黄河已由当初水患频发的"灾难河"，变成了人民的"幸福河"。如今，黄河两岸绿树成荫、百草丰茂、土地肥沃，犹如世外桃源。在无数个"李厚德"的努力下，这条生态健康、人水和谐的幸福之河，正带着人们对美好生活的希冀奔腾向前。我们深切缅怀像李厚德一样为黄河标准化堤防建设默默付出的劳动者，他们是标准化堤防建设之路上绽放的芳华。

12. 防洪王牌东平湖

东平湖是黄河下游最大的湖泊，黄河、汶河、运河三大水系在此交汇。东平湖是黄河的滞洪地，也是水源补给地。它始终处于一个尴尬的境地——似乎是一个"功臣"，以数百平方公里的蓄洪能力护卫济南、胜利油田、津浦铁路和黄河下游地区的安全；又似乎是一个"罪人"，每到汛期，就令数万湖区人民陷入汪洋，他们仅能靠领取救济粮款，维持最低生活水平。

有了无数甘于为治黄奉献奋斗之人，才能更好地开发治

东平湖分洪示意图（山东黄河河务局周晓黎供图）

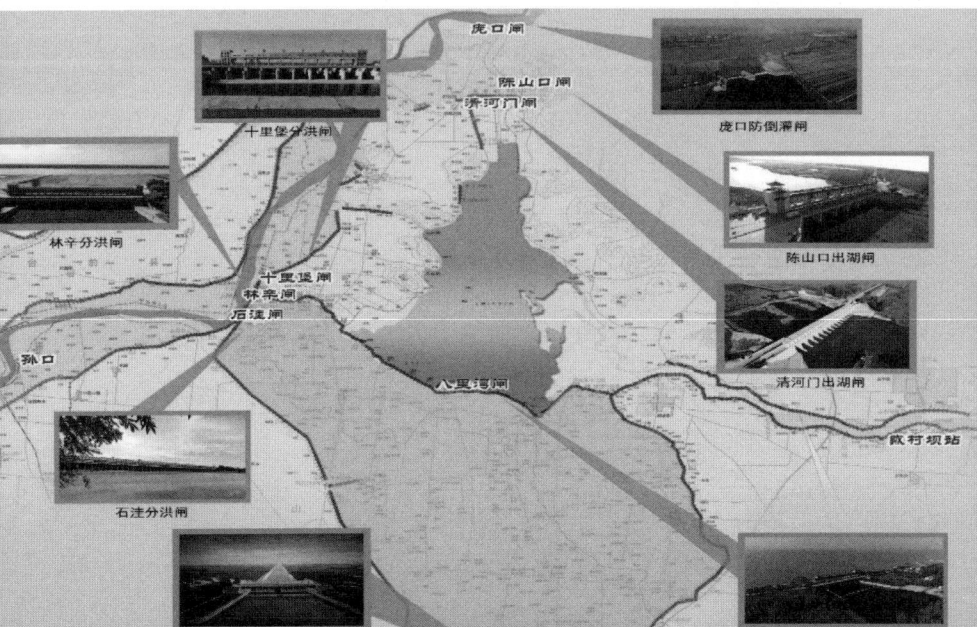

理东平湖，发挥东平湖的作用。在东平湖防汛救灾的现场，有这样一个特殊的身影——一位老人开着三轮车，来回穿梭在大坝之间。老人的头发已经花白，身子略微有些佝偻。他是一名经验丰富的老防汛员，名叫方信安。七十多岁的方信安见证了东平湖防汛的风风雨雨，每到雨季汛期，他都要跑到大坝上仔细巡查。家人担心他腿脚不灵便，就劝他说："您就放心吧，现在的堤防已不同于过去了，东平湖可是咱们的王牌工程，不会出问题的。"他却十分严肃地说："不能大意，那边还有大家伙的农田呢。"说完，就去大堤上面及其周围巡查几圈，才肯放心回家。

2021年，东平湖迎来了一次洪水危机。方信安同往年一样，开着破旧的三轮车，每隔几分钟就来回运送几袋沙土，如此反反复复，不知道运了多少趟。年轻人看到他这样拼命，纷纷劝他："您年纪大了，这种活适合我们年轻人干，您要多保重身体才行呀。"他听后笑呵呵地说："小伙子，俺现在还能下地种田，身子骨硬朗得很呢！防汛防了一辈子，心里实在放不下呀！"方信安的家虽然就在不远处，但他许久未归，白天运送沙土袋，晚上住在湖边的帐篷里。参加抗洪抢险的人都被方信安老人的奉献精神深深打动，大伙抗洪的士气越发高昂。

后来，为了更好地解决黄河下游河道上宽下窄、泄洪能力上强下弱的矛盾，便在窄河段的上方开辟了北金堤滞洪区，修建了东平湖水库，以及齐河、垦利展宽区。这样一来，在发生不可抗御的特大洪水时，可以做到"丢卒保车"。如今的东平湖犹如一颗璀璨的明珠，镶嵌在黄河与大汶河下游的冲积平原上。大汶河水澎湃而来，长江水向北调入东平湖，黄河从东平湖西部奔涌而过。千年好汉歌飘于水云之间，人民抵御洪水的不屈精神，催生了如今黄河下游著名的滞洪区——东平湖。它是黄河下游的一张"防洪王牌"，王牌的背后是无数治黄人的无私奉献。年年岁岁，他们时刻牵挂着东平湖，这永远是黄河下游安宁祥和的最大底气。

13. 金堤河干流治理

金堤河是黄河下游的一条重要支流，也是河南和山东两省的界河。由于黄河泥沙长期淤积，河床逐渐升高，金堤河水排入黄河越发困难，经常发生河水倒灌，给两岸群众造成了严重的危害。20 世纪，国家曾多次对金堤河堤坝进行加固，并屡屡疏通河道，但由于年久失修，金堤河的防护工程存在大量安全隐患。

加固千年堤防，重塑金堤长城。2015 年，国家发展和改革委员会批复《金堤河干流河道治理工程（黄委管辖工程）可行性研究报告》。当金堤河治理工程被批复的消息传来，居住在金堤河流域的民众人心振奋，当地政府也决心用心建设好金堤河，彻底改变其原有面貌，扭转被动落后的局面。为了保证工程质量，严格实行"班组自检、施工队复检、项目部终检"的三查机制。历经二十二个月的艰苦奋斗，金堤河两岸焕然一新。从四处残破到雄伟壮阔，金堤河大堤犹如一条碧绿的丝绦，飘落在黄河下游的大地上。

伟大的工程离不开"小人物"无私的奉献。在金堤河山东阳谷县段，河道巡查人员王培刚始终兢兢业业，做好本职工作。王培刚生在黄河边，长在黄河边，他的父亲和爷爷都从事黄河治理工作。从小受家庭熏陶，王培刚真心热爱黄河治理这份事业，并时刻铭记着爷爷和父亲让黄河岁岁安宁的美好愿望。王培刚说："我的爷爷是陶城铺管理段的一位老班长，父亲曾是管理段的段长。在我小的时候，他们经常跟我讲黄河防汛的艰难，那些可歌可泣的故事令我十分感动。"身为党员的王培刚在退伍转业回到家中后，多次主动要求参加巡河工作。他和三名队友时常身穿救生衣、拿着探摸杆，行走在金堤河大堤上进行巡查。他们有的负责探摸，有的负责记录，相互配合，在防汛一线恪尽职守。曾经有人问他："巡河工作又脏又累，从部队复员回来以后，怎么会想着来干这种工作？"王培刚回答道："在部队，我是人民子弟兵。退伍了，我也有责任、有义务坚守在防守的一线，为一方的百姓做出自己的贡献。"正是在无数个像王培刚这样的治黄人的传承下，这项工程取得了辉煌成绩，建成后的金堤河堤防和穿堤建筑物均为一级建筑物，为提高金堤河的防洪能力和防洪安全奠定了坚实的基础。

2018年12月27日，金堤河干流河道治理工程（黄委会管辖工程山东段）喜获堤防、河道整治工程类大禹奖。这是黄委系统堤防河道整治工程建设项目时隔十年再度获此殊荣。

14."水上长城"

"九曲黄河万里沙，浪淘风簸自天涯。"自古以来，黄河中下游河水含沙量大、水流湍急，加之河道崎岖，非常容易引发水患。山东东营市利津县地处黄河边，为了应对高风险水患威胁，利津县依靠广大群众一代代的努力，不断修缮沿河堤坝。时至今日，利津沿河的一道道堤坝已经构成了名副其实的"水上长城"，巍峨地挺立在黄河两岸，保护着广大民众不受水患的侵扰。这座"水上长城"的修建，离不开利津黄河河务局高级技师李敬文等工作人员的拼搏努力。

"水上长城"是指为防止水流淘刷堤防而沿大堤修建的坝、垛、护岸工程，王庄险工是利津"水上长城"的典型代表。历经百年岁月，王庄险工从最初的秸埽、砖埽、干插乱石，到

利津王庄险工（山东黄河河务局周晓黎供图）

后来的丁扣石坝和浆砌席花坝，面貌已经焕然一新。李敬文正是参与建造利津"水上长城"的队伍中平凡而又普通的一员。1993年技校毕业后，李敬文就加入治黄队伍，在基层管理段扎下了根。在工作中，李敬文主动要求承担管理难度大、管理情况复杂的责任段。他对领导说："宝剑锋从磨砺出，多历练才能让自己更快地进步。"白天，他在沿堤巡查中丈量大堤；夜晚，他又挑灯夜战，勤奋学习治理黄河的理论知识。20世纪90年代，治黄条件非常艰苦，李敬文始终日复一日地坚守着，渐渐成了工段上最熟悉黄河的技术人员。

2019年，台风"利奇马"过境，在狂风暴雨的袭击下，利津县部分堤坝工程受损。年近五十的李敬文与青年职工一起，参与巡堤排水、种植树木、填垫冲口浪窝等紧张工作。大家都劝他："您是我们大伙的顶梁柱，这种高强度的工作让我们年轻人来干就好了。"他却笑着说："我大半辈子都在堤坝上，看着大家都这么辛苦，我也要尽我的一份力才行。"2021年，李敬文获得了国务院政府特殊津贴、全国水利技能大奖、全国水利行业首席技师等一系列荣誉，这些都是对他二十多年治黄生涯的见证与肯定。李敬文还带出了一批十分优秀的徒弟，他曾教诲弟子："一天黄河人，一辈子都是黄河人，要把治黄技术传承下去。"弟子们谨记他的教导，在各自治理黄河的道路上取得了优异的成绩。

利津县"水上长城"很好地控制了黄河险情，让黄河从一个让人担惊受怕的猛兽变成了利津县发展社会生产的宝贵资源。聚焦黄河流域生态保护和高质量发展重大战略机遇，利津县政府在文旅融合、乡村振兴、非遗传承等方面不断尝试探索，打造了"水上长城，黄河安澜""点亮生态底色，构筑文化长廊""沿着黄河来旅行"等系列主题线路，助力当地文旅产业发展。

回溯历史，面向未来。站在王庄险工的石碑处，放眼望去，静静流淌的黄河，犹如依偎在母亲怀中的婴儿一样温顺。利津县在"水上长城"的保护下，实现了人民安居乐业，真正做到了人与自然和谐共处。如今，无数个李敬文对黄河的治理与守护依旧会一直持续下去。

15. 济南引黄种稻

5月27日是"济南插秧节"，在济南槐荫区吴家堡，十几亩农田上，十几台插秧机将稻秧整齐地播下。如今的机械化播种，让种了大半辈子水稻的农民房卫林流下了激动的泪水，七十多岁的他见证了济南黄河大米的历史变迁。小小的稻种，孕育出著名的黄河大米。济南曾经不能生产水稻，正如一首民谣所唱："冬春白茫茫，夏秋水汪汪，遍地蛤蟆叫，产碱不产粮"。而今，济南生产的黄河大米却成了地方特产、传统名吃，有"一家做饭，十里闻香"之说。这是无数个像房卫林这样的普通人挥洒汗水的成果。

1952年，毛泽东主席到济南泺口视察时说："如果用引黄河水的办法，将泺口这一带的十几万亩卤碱地，改为稻田就更好了。"从此，济南利用黄河水种植水稻迈出了第一步。

1964 年，初中毕业的房卫林所在的吴家堡开始借助涝洼地种水稻。由于当时技术水平有限，翻地、育苗、插秧、拔草、收割、晒粮全靠人工。然而房卫林却格外卖力，他白天割稻子、晚上打稻子。别人劝他："你还是一个孩子，没必要这么拼。"他却说："这关系到大家伙的饭碗，我们每个人都应该竭尽全力。"一天，天刚蒙蒙亮，正在地里插秧的房卫林突然感到手背一阵疼痛，原来是被水里的坚石划伤了。一向坚强的他忍不住"啊"的一声叫了出来，引起了周围人的注意。帮助房卫林简单包扎后，乡亲和房卫林聊起了水稻种植。乡亲说："在我们这里种水稻是一件非常艰难的事情，谁都不知道会不会成功。"房卫林则坚定地说："现在条件确实很艰苦，但是我还年轻，我得全力以赴才能知道行不行。"

功夫不负有心人，房卫林等改种的一万八千亩水稻喜获大丰收，"十年九不收"的旱涝盐碱地获得了好收成。此后，经过长达五十年的良田改造，济南黄河大米产量不断增长。而几十年下水插秧的辛勤劳动，也让房卫林的腰背落下了病根，他有时疼得直不起腰来。幸运的是，自从有了插秧机，实现了机械化播种，就再也不用忍受往日的痛苦了。房卫林对当年一起下水插秧的同伴说："现在全部实现了机械化，一天只需干八个小时，不到天黑就能下班，真的是我们的福气呀。"

时任济南市农业局种植处处长的刘卫国说："黄河水大大改良了土质，使土壤变得松软而肥沃，昔日贫瘠的盐碱地里长出了晶莹剔透、软筋香甜的优质大米。"现今济南共有引黄灌区十二处，每当农作物需要灌溉的时候，只需开闸放水，源源不断的黄河水便能灌溉百万亩农作物。当初的盐碱地，已成为旱涝保收的稳产高产田。黄河水正哺育着济南的水稻，让它们在一片沃野中茁壮成长。相信在未来的每一年，每到丰收的季节，济南的黄河沿岸都会散发出沁人心脾的稻香，浓郁而令人沉醉……

二

不畏艰险　守护家园

黄河下游山东段为地上悬河，防洪形势严峻。它也是不稳定的封冻河段，凌情变化复杂。左河水的《黄河》一诗，书写了黄河之水的桀骜不驯："雪原雷动下天龙，一路狂涛几纵横。裂壁吞沙惊大地，兴云致雨啸苍穹。"堤坝决口和冬春凌汛不时威胁着黄河两岸人民的生命和财产安全。新中国成立后，中国共产党率领黄河儿女，谱写了一曲又一曲战胜黄河决堤和黄河凌汛的斗志昂扬之歌。在抗洪和抗击凌汛的斗争中，山东黄河儿女冲锋在前，众志成城，展示出集体主义和英雄主义精神。他们发挥聪明才智，想出种种妙策应对洪水灾害，竭尽全力使美好家园避免洪水的侵扰。

（一）众志成城

1. 王庄抢险

1951年2月2日黄昏，山东惠民县王庄，凌汛危机一触即发。上游一两米高的冰块，正以排山倒海之势倾泻而来。为预防凌汛而建的冰排被拦腰斩断，大块冰凌挤压堤坝，形势十分危急。巡堤职工发现王庄险工下方三百多米处出现了三个漏洞，最大的漏洞离大堤仅有十多米，便立即鸣锣示警。抢险队队长、王庄段段长刘奎三带领三十多名抢险队员和三百多名工人赶赴现场。

当时备用沙土几乎被冻透，平地取土需凿开厚厚的冻土层，但由于气温极低很难实现。长期生活在王庄的老人王明海永远忘不了那个令人胆战心惊的日子——大老远就能听到冰凌的声音，村里凡是能拿动锹镐的人都冲上去了。冰块翻着个儿往上蹿动，一会儿变一个花样，满河道都是大大小小的冰块，根本看不见河水。军队不分昼夜地在河里轰炸冰块，总是不等炸开个大洞，就又给冰块封上了。

2月4日，黄河水利委员会主任王化云带领治黄专家、工程师，披星戴月赶往利津查看凌汛情况，并在利津成立抢救委员会。此时险情愈加严峻，冰水的流速越来越快，河流几乎全被冰凌覆盖，且一时找不到出水的洞口，因而无法遏止冰块聚积。背河的洞口逐渐扩大，大股水流往外喷涌。抢险队员全都冲了上去，轮流凿打冰层，突然，一个大漩涡出现在人们眼前。大伙刚准备好麻袋、棉被准备塞堵，转眼之间，大堤就塌陷了一个十多米长的口子。数百名抢险队员奔走呼号，奋力抢险。当时正在做午饭的张汝宾，听说王庄大堤出现了险情，来不及洗手就飞身出去抢险。年轻的张汝宾跳上冰层，想用大铁镐击破冰块查找漏水的洞口，可是冰块太过坚硬，不容易上手。万万没有料到，堤坝顶部突然塌陷，张汝宾、刘朝阳、赵永恩三人来不及脱身，随之落入冰水之中，瞬间被湍急的洪水卷走了。凌汛形势很不乐观，利津修防段工程股股长苏峻岭心情十分沉重，他驻守在东坝工地，生怕哪个地方出现纰漏。一天晚上，他对同事说："假如我遭遇不测，找到我时，用芦苇席一卷，把我送回老家滨县苏家村。"

3月21日，王庄凌汛溃口堵复工程正式开工。先在塌陷口前四百米处打桩编柳，修筑透水坝，以此减弱水流的冲击力。透水坝工程完工后，离塌陷口处就只有十二米了。凌汛抢险指挥部命令队员短暂休整，为合龙做最后的准备工作。4月7日凌晨，七千名队员集结完毕，总指挥郭子化亲自出马指挥。合龙施工开始后，两个直径半米多的龙枕横在东西两坝的关门占上，数十根合龙绳以活口的形式系在合龙桩上。只见大缆绳略微颤动，两岸的抢险队员个个凝神聚气，数名年轻力壮的抢险队员争分夺秒……不一会儿，龙衣便被铺盖在了缆绳之上，伴随一声"进占"号令的响起，四路运料大军飞速向前，所需物料准备就绪。一名抢险指挥员手持一个铜锣，确定所有工作人员都已到位后，只听一声锣响，占体徐徐落入河水之中。接着，运料队员和抢险队员一齐行动，把早已准备好的沙袋、石块快速抛下。待麻袋、石块逐渐露出水面，立刻向上抛土，王庄堵口工作旋即完成。

"明月黄河夜，寒沙似战场。"王庄决口堵复成功后，凌汛抢险指挥部召开追悼大会，隆重表彰张汝宾等人，并授予他们"革命烈士"的称号。

2. 五庄抢险

　　1955 年 1 月 29 日，利津县五庄洋桥大堤出现了渗水、管涌险情。不久之后，形成了一个小漏洞，水柱喷涌而出，高度没过人的头顶。因为水位过高、渗透压力强，很快发展成一个大漏洞，用草捆、用麻袋堵塞都无济于事。面对险情，抢险的干部、工人、群众想出了一个办法——拆除附近的房屋，把土坯装到两只小船上，然后将小船沉入洞口外。结果，小船被瞬间吸入洞口，被洪水冲走。接着，村民们又用两只大船装上土袋、秸料，再次尝试堵塞洞口，结果也被大水冲走。午夜时分，洞口扩大到十米以上，洪水发出震耳欲聋的吼叫，抢险人员的心坠入谷底，恐惧感油然而生。时间在一分一秒地流逝，六七级大风越刮越猛，风助水势、沙土飞扬，汽灯和手提灯陆续被大风吹灭。茫茫无尽的黑夜里，天寒地冻，一派凄凉。不久，大堤突然崩溃，抢险队队员赵荣刚、赵锡纯被洪水无情吞噬。

　　情况越发危急。为了保障人民群众的生命财产安全，五庄堵口工作的推进迫在眉睫。当堵口工程指挥部调派经验丰富的老河工薛九龄的指令下达到蒲台治河办时，当地领导不知所措：薛老已经七十多岁了，还能在天寒地冻的河堤上工作吗？他能撑住堵口现场繁重而又紧张的工作吗？虽顾虑重重，但一时也没有更好的办法，只得硬着头皮去找薛老商量此事。薛九龄得知领导担心他的身体，态度坚决地说："放心吧，俺的身板还坚挺着呢，啥时候前去报到？我好回家拾掇拾掇。"最终，薛九龄担任五庄堵口的技术总指导。

薛九龄不惧寒风冰霜，坚守在施工第一线，尽心竭力解决堵口时遇到的疑难问题。他事事亲力亲为，为了赶时间，薛老与抢险队员们吃住都在工地。堵口工程指挥部怕他身体吃不消，劝他注意爱护身体，适当休息一下。薛九龄却婉言拒绝："我只是干指挥、检查的事情，比起实际操作施工的同志们好多了。"抢险队员看到薛老"老骥伏枥，志在千里"的冲天干劲，也都深受鼓舞，从心底里佩服薛老。山东河务局刘传鹏多次用大喇叭表扬薛老高度负责、一丝不苟的精神，以此来鼓舞士气，号召抢险队员向薛老学习。3月6日，六千多名抢险人员同时"进占"。

经过周密的准备，全体人员的日夜奋战，抛柳石枕入水。3月13日，五庄堵口工程胜利竣工。在一片欢乐的氛围中，山东省副省长李澄之、惠民地委书记李峰前来工地慰问，举行

五庄凌汛堵复决口（山东黄河河务局周晓黎供图）

了隆重的纪念和颁奖大会。先举行了纪念仪式，悼念在五庄凌汛抢险中牺牲的同志。颁奖仪式上，薛老拄着一根旧拐杖走上主席台领奖。令他吃惊的是，五庄堵口工程指挥部赠送给他一根紫檀木拐杖，做工精致、材质一流，拐杖上面镶嵌着清晰的尺寸刻度，雕刻有"王庄堵口纪念杖"的字样。薛老端详片刻，笑呵呵地说："这根拐杖我很喜欢，太有纪念意义了。"颁奖领导紧握薛老的双手，赞扬他："您是最大的功臣，应当享有特殊的礼遇。"这位满头白发的长者，以自己的责任与勇气，毅然站在五庄凌汛抢险的第一线，功勋卓著。

3. 济南军民战洪峰

1958 年 7 月 22 日，齐河县黄河大堤突然发生泄漏，县指挥部立即组织人员抢堵。解放军工兵某部和抢险部队接到调令后，也迅速跑步赶到。指战员由一次扛一袋沙土增加到两袋，大家一致喊出的口号是："以淮海战役的劲头，坚决战胜洪水。"工兵排长、共产党员黄存德带战士抢先跳入河水之中；负责运土的省教育干校女教师、中队政委王淑之，一面指挥、一面和大家一起扛袋子……军民反复抢堵，才把泄漏的洞口堵住。

次日，黄河洪峰到达济南泺口段，最高水位达 32.09 米，济南遭遇了 1919 年以来最大洪水。洪峰远远超过安全水位，洪水离堤坝顶部仅有几寸，黄河大堤面临严峻的考验，参加抢险的军民不断聚集，"人在堤在，誓与大堤共存亡"的口号响彻云霄。当时，黄河大堤灯火通明，道路上运送物资的车辆排成了一条条长龙。为了及时传达信息，广播局、物资局、邮电局的工作人员全都行动了起来，让各个指挥点通上了电话、各个防汛地点通上了广播。修筑堤坝的石料十分紧缺，一家工厂立即推倒院墙制作石料，运送到抗洪现场。为保障夜间用电，有的工厂更是把发电机拉到了大堤附近。

许多抢险队队员冒雨奔赴堤坝，齐心协力在沿河抢修一尺高的子埝，并把危险地带的群众转移到了高地。狂风暴雨之中，大家团结一致，克服了许多难以想象的困难。电话线被大风刮断，正当十万火急之时，解放军某部的骑兵立即担负起报告汛情的工作，保证了防汛指挥部和抗洪抢险现场的联系。那时泺口还没有电灯，电灯公司以最快的速度沿着泺口大堤

部队进入泺口堤段（山东黄河河务局周晓黎供图）

架设了照明电灯。时间紧、任务重，架设电灯用的杉木杆、线路多是旧的，电灯忽明忽暗。为了保证照明，每个电灯杆下都派有一名电工守候，即使下雨，他们仍然穿着雨衣守在那里。

驻济南的五千余名解放军战士迅速奔赴泺口大堤，经过一昼夜的奋战，完成了河堤加高和加固工程。省委所属单位的机关干部和大专院校一万多师生守卫在泺口附近。为了尽快修筑子埝，参加抢险的队员采用人与人互传沙土麻袋的方法，大大提高了效率。由于缺乏抬土、运土的工具，不少济南民众用自己的衣服、包裹盛土。历城防汛民工十二万人、仲宫乡建国农业社九百多名男女社员匆忙行进了五六十里路，赶到大堤后没有休息，立即投入加高子埝的工作中。在与无情洪水的搏斗中，先后有十多处险工地段发生严重险情，幸亏抢险突击连及时发现，才避免了严重后果。

防汛队伍召开了誓师大会，人们纷纷表示一定战胜特大洪水，并写下一封封决心书、保证书，喊出了"保证黄河不决口，保证工农业大丰收"的口号。干部群众不分白天黑夜轮流巡视水堤、检查堤坝、抢护险工、修筑子埝，一次次险象环生，又一次次化险为夷。有的堤坝地段水位超过顶部，靠赶筑子埝挡住了洪水侵袭。7月26日，济南二十多万防汛大军连续进行了五昼夜的英勇奋战，最终在战胜特大洪峰方面取得了决定性胜利。

（二）冲锋在前

1. 戴令德勇堵决口

　　1949 年 9 月 16 日子夜时分，风雨交加，道路泥泞。济阳黄河工程队队员戴令德冒雨巡查堤防。17 日凌晨一时左右，巡查工作结束，戴令德准备返回居住地与同事换班。当他走到舒家村口的平工段时，突然听到轻轻流淌的水声，这与河中汹涌的声音是不一样的。异样的声音使戴令德一下子警觉起来。他小心地举着马提灯，冒着风雨循声查看，在堤坝上发现了一股混浊的水流，正呈漩涡状向下流淌。看到这种情况，他顿感不妙——大堤要出事了。

　　形势危急，刻不容缓。戴令德大声呼唤同事前来救险，并随手将马提灯放在堤岸上，为的是给抢险队员指示险情发生的位置。随后，他毫不犹豫地跳入湍急的水流中，用手来回摸索着洪水泄漏的位置，很快找到了漏洞。他先是试着用身上的遮雨油布堵洞口，但水流的冲击力太大，油布又太轻，很快被水流卷走。他又脱下夹袄、夹裤，往洞口使劲地塞，结果很快又被水流卷跑，情况十分危急。

　　眼看洪水泄漏的洞口越来越大，而自己身上却没有东西能够堵住漏洞。他万分焦急，心想：可用的东西都已经试过了，全都无济于事，现在只能用我自己的身体了……于是，他用双臂使劲地架住自己的身子，双手扒住洞口两侧，奋不顾身地堵住洞口。转眼之间，汹涌的洪水淹没了他的下半个身子。当时他二十岁，是一位身强力壮的青年，也有力气和胆量。戴令德承受着洪水巨大的冲击，情况异常危险，随时有可能被洪水吞没。

戴令德一动不动地堵在漏洞口上。他心里清楚，只要自己稍微松懈一点，就有可能被吸进漏洞口。那时的他只有一个念头：宁愿死在大坝旁，也要守住黄河不决口！戴令德用自己的行动，为后续抢险争取了宝贵时间。抢险队员听到他大声呼喊，迅速集结向大堤飞奔。他们到达现场之后，立即将戴令德从洪水中拖救出来，同时对泄漏洪水的洞口进行了迅速封堵。抢险队员用麦秸包堵住漏洞口，接着抢修巩固围堰，防止塌方。数百人参与了抢险工作，经过三个多小时激烈紧张的奋战，最终消除了险情。

沧海横流，方显英雄本色。在危急关头，戴令德没有丝毫退缩。后来，当有人问起戴令德当年用自己的身子堵住漏洞时心里有没有害怕，他回答说："就觉得黄河一旦决了口，不得了啊，会毁掉大片庄稼和千百万人的生命财产，我这一条命算啥？当时没想啥叫害怕，只想着一定要把漏洞堵住。"事后，山东黄河防汛总指挥部召开安澜庆功大会，山东河务局局长江衍坤亲自给戴令德佩戴大红花，颁发"沾黄特等功臣戴令德"荣誉奖章。

2. 平阴九烈士

1969年2月10日傍晚,黄河山东平阴段发生特大凌洪,河水解冻,夹杂着巨大的冰块一路冲向下游,上游冰块与下游冰块相互叠加,很快形成了一个冰坝。洪水夹杂着巨大的冰块,向博士洼、栾湾洼和二十多个村庄迅速猛冲过来。所到之处,碗口粗的树木被冲倒,树皮被"凌刀"刮光。三个小时之后,洪水到达平阴县的河段,很快冲毁了石庄和刘官庄之间的河堤。

接到上级抢险命令后,原济南军区工程兵独立舟桥营二连副连长张秀廷说:"为了保卫人民的生命财产,不把刘官庄的群众抢救出来,誓不罢休!"他率领十多人划着四只小船,迅速来到老博士村的桥头。突击队队员跳入了汹涌的冰水之中,向着刘官庄缓慢前进。刚下水时水位还很低,队员们挨挤在一起,不断前进。随着水越来越深,有的地方已没过了他们的腰部。突然,一个巨大的冰块冲了过来,突击队队员一下子被冰块冲散了。排长吴安余挺身而出,带领一部分突击队员继续前进。他们顶着被冰块撞击的危险,为战友们开辟通道。万万没有料到的是,队员们进入了一个急流险区。大浪卷着巨大的冰块冲撞而来,毫不留情地将吴安余、蒋庆武、杨广佩、王元贞和陆广德的生命吞噬了。

夜色越来越浓,气温下降很快,突击队员的棉衣已被寒冷的冰水浸湿,压得他们喘不过气来。有的队员被锋利的冰凌划伤,有的队员下肢被冻僵,行进速度越来越慢。张秀廷命令司号员周登连吹响冲锋号,随着吹号声响起,队员们为之一振,继续前进。突然，一个巨大的冰块劈头向司号员砸了过来，周登连正在吹号，躲避不及，被冰块击中，牺牲在冰水之中。张秀廷身患关节炎，肩上贴着许多膏药，本就难以支撑，但仍然带队向刘官庄前进。最后时刻，他体力耗尽，摇摇晃晃，拒绝了身边队员董秀卿的帮助。他大声说："别管我，赶快前进！宁愿前进一步死，决不后退半步生。"一个大漩涡袭来，张秀廷、杨成启、阎世观三人也牺牲了。突击队仅剩的三名战士强忍内心的悲痛继续前进，终于在两个多小时之后到达了刘官庄村。他们入村后立即开展救援，在村头路口迅速筑起堤坝，把老人孩子、粮食物资转移到了安全地带。

当年的突击队队员周凤民对于这段记忆刻骨铭心。幸存下来的他悲伤地说："最后一个找到的是战友吴安余的遗体，当时他被冻在了一个巨大的冰块里，送到医院后，将冰块化开，才将他的遗体弄出来……"打开尘封的记忆，人们深情追忆："凌洪暴发的那天晚上，副连长张秀廷本该去济南站迎接前来过春节的妻子和女儿，但接到上级的命令后，他一去就再也没有回来。"

平阴九烈士奋勇向前，英勇牺牲在了抢险行动中。济南部队领导机关、山东省革命委员会隆重举行庆功授奖大会，表彰独立营抗击凌洪的不朽功勋。张秀廷、吴安余、王元贞、蒋庆武、周登连、陆广德六位烈士被追记一等功，杨成启、闫世观、杨广佩被追记二等功。刘官庄村群众自发筹款，为他们建起衣冠冢，每年为他们扫墓、献花。2019年4月3日上午，在平阴县烈士陵园内，伴随着阵阵哀乐，来自山东、河南、江苏等地的上百名原济南军区工程兵独立舟桥营老战士，眼含热泪，站在九烈士墓前，以标准的军姿向烈士行庄严的军礼。

3. 英雄王云岭抗洪

1990年7月，山东无棣县接连下大暴雨，河沟乡降雨量最多，达792毫米，全县有两百多个村庄被洪水围困。在这种严峻的形势下，无棣县委、县政府发布了一道紧急动员令：在河沟乡立即成立一个特别抢险队。王云岭当时是一名基层民兵，他年轻力壮，第一个报名参加抢险队。抢险队队员日日夜夜轮流巡视黄河大堤。7月24日凌晨，突降一场大雨，王云岭冒雨巡视了大半夜，本想回家休息，但是转念一想，雨这么大、下的时间又这么长，很容易出问题，实在无法安心回家。于是，他继续冒雨巡视河堤，突然发现河中水位开始迅速上涨，水流湍急，有漫过大堤的危险。

王云岭立即淌着深深的积水跑回村子，向乡亲们鸣锣报警。接着，他领着大家赶到危险之地，发现此处河堤已被冲开了一个大口子，洪水汹涌而来，扔下的土袋子瞬间就被大水冲走了。王云岭焦急万分，这样下去，根本无法应对凶猛的洪水。他毫不犹豫地跳入决口旁的河水中，紧紧抓住大堤上的一条绳子，大声呼喊："快扔沙袋子！快扔沙袋子！"其他抢险队员见到此情此景，也一个个跳入大堤决口之处。他们手挽手，仿佛是水中筑起的一道长城，用血肉之身保护着添堵堤坝决口的沙袋。经过数小时与洪水的生死搏斗，终于堵住了河堤决口。而王云岭极度疲惫，从河水里上来时，一下子就瘫倒在地，急促地喘着粗气。

7月26日，县防汛指挥部指示河沟乡，于27日19时前完成青坡沟的清障任务，消除洪水决堤的隐患。河沟乡立即成立了一支由精干民兵组成的清障队，王云岭立即报名参加，再次成为清障队的一员。7月27日上午，清障行动正式开始，王云岭撑起他亲手制作的木筏向指定地点划去。青坡沟一带南北两岸生长着芦苇和蒲草，郁郁葱葱，密不透风。上游洪水在此不断积聚，加上接连的大雨，有着严重的安全隐患。清障队员们迅速行动，三人一组，一个撑着木筏向前行，另外两个挥舞着镰刀，用尽全身的力气收割芦苇和蒲草。可是，由于水流湍急，木筏不停上下颠簸，大大增加了清理难度。

其他队员两小时轮换一次，王云岭却始终没有休息，连续工作了近十个小时。洪水阻断联络，队员们饥肠辘辘，还没有吃上中午饭。王云岭没有一点抱怨，他忍着饥饿和劳累，挺直了腰板，再次站在了木筏上。随着清障工作一点一点地向前推进，芦苇和蒲草越来越少，而洪水的速度却是越来越快。大浪不断向他们冲来，木筏颠簸的幅度更大、力度更强了。王云岭极度劳累，渐渐体力不支，他在木筏上摇摇晃晃，木筏开始不受他控制了。突然，一个巨大的漩涡袭来，木筏一下子被掀翻了，筏上的三个人全部翻落水中。清障队员们见状，纷纷出手救援。另外两名落水队员被及时救助上来，安然无恙。王云岭却因高强度、长时间的奋力工作，无力抗拒漩涡的快速冲击，直接被汹涌而至的洪水卷入了河底。焦急万分的清障队员目睹了这一悲剧却无能为力，王云岭与他们永远告别了。

无棣县人民永远铭记王云岭的英勇事迹。山东省人民政府追认他为革命烈士，授予他"抗洪民兵英雄"的荣誉称号。1991年2月13日，国家防汛总指挥部授予王云岭"全国防汛抗洪先进个人"和"抗洪模范"称号。

4. 舍弃爱车堵决口

2018年8月20日上午，在洪水的猛烈冲击之下，潍坊寿光市弥河东坝突然被撕开了一条二十多米长的口子。汪洋大水，一片汹涌，直奔决口下游而去。而决口下游两公里之外，正是后牟城东、后牟城西两个村庄。这两个村子里居住着四千多人，他们的生命财产危在旦夕。

东坝决口，十万火急。寿光复盛村村委会主任张春海接到通知，要求他驾驶卡车前去填补东坝决口。他二话没说，立即驾驶爱车赶赴现场。张春海发现洪水流速太快，刚刚倒入洪水中的沙石很快就被大水冲走。迫不得已之下，现场负责指挥抢险的干部决定将卡车与沙石一起填入决口之中，以减慢洪水的流速，争取尽快堵上决口。在他的命令之下，两辆装满沙石的卡车快速冲入堤坝决口。然而，由于卡车较小，载重量十分有限，转眼之间就被洪水冲走，再也不见了踪影。

当时，张春海驾驶的是一辆重型卡车，载重六十多吨，买来还不到两年。张春海十分喜爱，一直以"爱车"相称，经常说自己有"两爱"，一个是爱人，一个是爱车。先前的小卡车都是由铲车推入堤坝决口的，可是面对张春海的重型大卡车，铲车已是无济于事。必须有人亲自开车向前冲，而且要一直开到特别接近堤坝的决口处，才能让卡车最终落入决口中心。这种做法太过冒险，驾驶员的生命安全很难得到保证。当时在场的人都一筹莫展，后来有人回忆说："当时真的是没办法，口子那么大，非得有人把车开进去才行。"

张春海看看湍急的洪水，心里不停地打鼓，自己的爱车可能要葬身于此了。险情之下，他顾不得那么多了。他果断地钻进大卡车的驾驶室，大声说："让我试试吧！"说罢他就驾着自己的爱车，快速向堤坝决口靠近。现场抢险人员大声呼喊："小心，小心！张春海，快点跳车，快点跳车！"为了使大卡车准确地落入决口中心，张春海必须准确无误地把车开到最关键处，这样才能最大限度地堵上决口。听到大家的喊叫，他并没有马上跳车，而是继续向前。他的车技特别好，胆子也特别大，就在大卡车快要落入决口的一刹那，他从爱车上一跃而下，堤坝决口中心也恰好被成功堵上了。随后，又有几辆卡车被推入决口，连同张春海的爱车，共有十五辆车"牺牲"在堤坝决口之中。最终，整个决口被成功堵上。东坝的洪水被驯服了，慢慢退回到远处的河槽中。

张春海跳车之处，距堤坝决口仅一米多远，当时大伙的心提到了嗓子眼。而张春海跳车的动作又快又猛，他一下子摔在地上，不能动弹。经医生诊断，他的右脚根骨粉碎性骨折，需要紧急手术。后来他回忆说："其实，我也想早点跳，可是我的爱车太重。如果跳得太早，爱车就有可能停止不动，那就失去了这次行动的意义了。"

　　提起自己的爱车，张春海还是会赞叹那是他发家致富的好帮手。可是，为了堵上堤坝决口，他一点儿也不后悔："最对不住的就是我的爱人，爱车是 2012 年买的，买的时候花了四十五万，这本来是我和爱人的共同财产，结果我一个人就决定了爱车的命运。"在抵抗洪水过程中，张春海为了人民群众的生命与财产安全，不惜冒着生命危险，亲自驾车堵上堤坝决口。他的英勇行为也感染了抗洪群众，书写了齐心抗洪的光辉新篇章。

三

黄河之滨　英贤辈出

黄河之滨自古出圣贤。新中国成立之初，涌现出许多治理黄河的模范人物，其中，钱正英展现了骑马治黄河的卓美英姿，治黄功臣于祚堂展现出不惧生死、战天斗地的大无畏精神。改革开放三十年，黄河之滨各行各业也出现了许多模范人物，既有治黄功臣，也有杰出干部。他们中，有治理黄河的楷模人物包锡成、改革先锋孔繁森，在黄河之滨留下光辉的印记，展示出奋发有为的精神。新时代黄河之畔又走出了许多杰出代表，有的是能工巧匠，有的是黄河守护者，可谓群星灿烂，照耀黄河之滨。他们身上展现出了勇于创新和追求美好幸福生活的新时代精神。

（一）治黄模范人物

1. 当代大禹王化云

　　1946 年，中国共产党领导的人民治黄机构冀鲁豫黄河水利委员会成立。确定主要负责任人时，冀鲁豫行署主任段君毅立即想到了王化云。当时，三十八岁的王化云风华正茂，在冀鲁豫边区行署司法处工作，处理事情非常干练。突然接到这一任命，王化云内心忐忑不安。他学的是法律专业，隔行如隔山，王化云担心自己不能胜任这项工作。段君毅看他有点不自信，便鼓励他："外行没关系，党组织就是你的坚强后盾，你就好好干吧！"于是，王化云担起了冀鲁豫黄河水利委员会主任这一重任，成为这一中共治黄机构的第一任河官。通过努力钻研，王化云迅速从一个外行成长为治黄专家。

1989年，王化云病中依然挂怀治黄事业，他要给国家留下自己最后的研究成果。他努力完成了手稿《说黄河》，与以往行云流水、飘逸洒脱的书写风格截然不同，这篇手稿的字迹歪歪扭扭，可以看出他写作时有气无力，只能写写停停。这篇手稿是他在生命最后时段以顽强的毅力完成的。后来，钱正英同志将《说黄河》的手稿交给黄委会审阅，得知这是王化云生病期间写下

王化云《我的治河实践》

的遗作，黄委会的委员们十分感慨。每个人的心灵都受到了强烈的震撼，仿佛看到王化云在病床上强忍疼痛，用颤抖的手不停书写的场景，这份遗作寄托了他对黄河最后的心愿。《说黄河》一文后来刊登在《黄河报》上，这也是对王化云最好的纪念。

王化云毕生致力于黄河治理，怀着对治黄事业的无限忠诚，为黄河安澜奉献自己的智慧，被后人称为"一代河神"和"当代大禹"。在调查研究的基础上，他先后提出了"宽河固堤""蓄水拦沙""上拦下排""调水调沙"等治理黄河的系列理论观点，这些理论观点大多凝聚在他的著作《我的治河实践》之中。

2. 骑马治黄钱正英

钱正英的一生充满传奇色彩，被人们看作穆桂英式的人物。1923年，钱正英出生于上海。她的家世非常好，父亲从事水利工作，苦于名利场的人情世故，并不希望女儿涉足这一行业，而是希望她成为一名工程师。造化弄人，钱正英不仅从事了水利行业，而且创造了行业传奇。1952年，她担任水利部副部长。当时，她年仅二十九岁。

新中国成立之前，山东黄河沿岸人民饱受黄河泛滥之苦。黄河该段为地上河，含沙量较大，每到汛期，沿岸的房屋和庄稼就遭了殃。民众更是苦不堪言，心里像悬着一把剑，生怕黄河又泛滥成灾。钱正英正是在这时候来到这里工作，为治理黄河贡献力量的。

山东河务局成立时，钱正英就已参加治黄工作了。由于在治河工作中表现出了非凡才能，钱正英被任命为山东省黄河河务局副局长。治理黄河离不开实地考察，钱正英胆子大，骑着一匹大白马，到处巡视黄河。她英姿飒爽，威风凛凛，在民众的眼中，是神仙一般的人物。后来有人专门写了一篇文章描述当时的情景："对面来了一个女兵，骑了一匹大白马，挎着驳壳枪，处处显露出英武之气。"多年以后，钱正英恰好读到这篇文章，她谦逊地说，自己真的没有作者描写的那样神气。

到任不久后，钱正英便迎来了第一次考验。黄河凌汛形成的冰坝将黄河水流的通道堵塞了，这很容易造成黄河堤坝决口，后果不堪设想。那是一个小年夜，钱正英正在包饺子，突然接到利津下面的河段被冰坝堵住的消息，她立即扔下手中的饺子皮，冒着严寒，匆匆赶往险情发生地。等她到达后，整个人全身都是冰霜。她马上召集手下工作人员和工兵负责人，一起研讨破冰的方案。后来，大家决定在冰坝上开凿一些洞口，然后把装有炸药的玻璃瓶塞进洞里，外部连接电线。当上游冰块被洪水冲过来时，就迅速跑上堤岸引爆炸药。随着一阵轰隆隆的爆炸声，冰水顿时汹涌而下，场面十分壮观，黄河下游的凌汛险情被成功化解。

黄河汛期多次发生洪水，险象环生。钱正英凭借突出的治水和指挥才能，带领山东军民战胜洪水，保证了黄河沿岸人民的生命财产安全。钱正英后来成为中国工程院院士，曾任全国政协副主席。她虽居高位，但从不居功自傲。她骑马治理黄河的形象，在黄河两岸人民心里留下深刻的烙印，钱正英也成为共和国历史上的一位巾帼英雄！

3. 治黄先锋江衍坤

江衍坤出生在山东泰安，他的父亲是一位颇有民族气节的老中医。受父亲影响，他从小立志为中华民族而奋斗，这也为他后来献身治黄工作打下了坚实的思想基础。

抗日战争结束后，国民党当局想方设法破坏解放区，甚至治理黄河也变成他们的手段和战术。当时渤海解放区因黄河阻隔未遭敌人毒手，国民党当局决定在花园口堵口，让黄河回归故道。表面上是在解决黄泛区水灾问题，实际上是想破坏解放区，使黄河下游地区成为泽国。为保障黄泛区民众的生命和财产安全，中国共产党答应了国民党要求，同时提出先行解决黄河故道复堤问题。周恩来与国民党当局进行了一次次艰苦谈判，努力寻求最优解。然而，国民政府撕毁协议，拒不发放修堤款项和物资，并丧心病狂地袭击复堤民众。1946 年，江衍坤出任山东省河务局局长，此时上任，他背负着巨大压力。

接到通知后，江衍坤以最快的速度赴任。上任不久，他就立即行动，加紧勘查黄河两岸大堤的情况，走遍了整个渤海解放区的黄河堤坝，认真调查研究并细致勘测设计。他根据实际情况制定出切实可行方案，提出了明确建议。江衍坤在调查报告中分析了当时黄河下游堤坝的状况及其复杂成因：麻湾决口和花园口决口造成黄河下游河道干涸，决口从未正式堵复；黄河下游两岸堤坝残损程度不一，水沟浪窝、鼠穴獾洞到处都是；

许多地方被敌人挖掘成沟渠，用来建筑军队的工事和据点，我军也曾挖掘沟渠破坏敌人的交通线；更有甚者，沿黄大堤生长的千万棵柳树都被敌人砍伐并卖光，留下的树坑到处都是，这对黄河堤坝的破坏尤其严重；许多民众在黄河大堤周围种植农作物，有的民众还破坏大堤，使用其作为材料盖房子。综上所述，黄河下游堤坝可以说是千疮百孔，残缺不齐。江衍坤针对黄河堤坝的修复提出了具体建议：修复黄河下游堤坝受损之处，黄河大堤普遍加高一米；因无材料修筑和整治重要险工，因此要进一步拓宽河槽，或是酌情挖掘引水沟，进而分泄洪水冲击之势，减轻大溜对险工的冲顶；修整麻湾决口，加修一个外堤并拓展加宽河面，彻底根除此处再次决口的风险。江衍坤的治黄建议建立在充分调查的基础之上，有的放矢，得到了解放区人民政府的全面肯定和大力支持。

1947 年 3 月 15 日，花园口大坝合龙，黄河水归故道，黄河下游相继发生大洪水。江衍坤亲临现场，与抢险队员一起工作。当时抢险物资极度匮乏，复堤资金严重不足，抢险工作异常艰难，国民党还不断派遣战机进行轰炸。江衍坤以中共解放区治黄组织的名义，向全国和全世界大声呼吁，深刻揭露了国民党当局破坏黄河治理的罪行，得到了全国人民和国际社会的有力支持。江衍坤临危不惧，头脑冷静，率领党政军民抢险。他发动和组织沿黄地区广大群众进行大规模复堤运动，整修黄河沿岸险工时缺乏石料，就在利津宫家建立了一个砖窑厂，就地烧砖，以砖代石。同时，还组建了一个黄河航运管理机构，专门成立造船厂，建造船只，发展航运事业，在复堤工作中发挥了重要作用。在江衍坤的出色领导下，最终胜利完成了黄河下游的复堤工作，为解放战争的胜利创造了重要条件。

4. 治黄特等功臣薛九龄

薛九龄（1882—1966）出生于山东滨县，早期是一个河防兵，后来担任河防营长。新中国成立后，任山东省河务局工程队队长，有丰富的治河经验。

1949年9月20日上午，山东博兴麻湾出现了险情，抢险队员眼睁睁看着北部坝头就要溃坝，危在旦夕。当时博兴县的领导急得不知如何是好，一个劲地请示田浮萍，寻求解决办法。田浮萍略作思考，回答道："赶快把薛九龄请来，他老人家一定有办法。"

正在抢险现场的薛九龄很快来到田局长身边，提出："我们不能这样抢险了，越是用力堵，越是堵不住决口。"田浮萍着急地问："那该如何是好？"薛九龄分析其中的缘故，指出："麻湾堤坝距离此地只有五百米，水流到此，就如同到了咽喉处，太狭窄了。又遇到一百二十米的北坝堤，水流到此受到阻遏，变得更加湍急凶猛，硬堵不是个办法。必须因势利导，大堤才能保住。再让北坝头塌陷三十米，待水流变得顺畅再抢修。"博兴县的领导很是担忧，觉得这种做法太冒险了。田局长又沉思片刻，认为薛九龄说得很在理，就对薛九龄说："就按你的法子来，一切全看你了。"

薛九龄胸有成竹，立刻下达命令，大家一齐动手，打桩、拴绳、捆好石枕，做好了一切准备工作。9月22日，按照原定计划，在北坝头塌陷到三十米时，薛九龄指挥抢险队员把早已准备好的柳石枕推入水中。就这样一次次反复进行，一共推进去二十多批，最终柳石枕高过水面。此时，薛九龄让大家在石枕上面迅速压土，将堤坝决口堵上了。北坝堤最终安然无恙，县领导悬着的心，也终于放下来了。抢险队队员个个满心欢喜，高声欢呼："我们胜利了，胜利了！"田局长慧眼识人，薛九龄也不负众望。薛九龄抢险表现出色，受到上级的嘉奖。

薛九龄文化水平有限，但他善于且勤于思考。在数十年的治河工作中，他亲临抢险工作第一线，积累了无数宝贵经验。薛九龄尤其擅长估算工程所需物料，需要多少石料、多少人工，他看看现场，心中就一清二楚，这让他身边的领导和同事佩服得五体投地。薛九龄还不顾年迈，亲自参与了《黄河埽工》一书的编写工作。当时他已经八十多岁了，眼睛花了，戴着一副老花镜、拿着一个放大镜，有板有眼，认真细致地描画各种工程示意图，直到尽善尽美。有些细节之处他实在看不清，就自己口述，让年轻人来记录、绘制。为了早日完成书稿的编写工作，他和大伙一起加班加点赶时间，这种老当益壮的忘我精神，让许多年轻人倍受鼓舞。凝聚着薛九龄宝贵经验和治理黄河技术的《黄河埽工》一书，最终顺利完成了，薛九龄把自己一生中积累的治河经验毫无保留地传给了后人。

薛九龄一生往来于大河南北，在大河治理方面功勋卓著。1953年，由于薛九龄在治河事业上贡献突出，被授予"特等功臣"称号。

5. 治黄劳模于祚堂

于祚棠（1899—1980），出生于山东利津县于家村，他的家乡就在黄河边上。1946年，于祚棠参加了治黄工作，当时负责驻守王庄险工地段。

1947年9月20日早晨，王庄发生重大险情。当时风雨大作，临河大堤已经坍塌，洪水十分汹涌，快速冲向套堤。由于套堤刚刚兴建，承受能力相当有限，有的地方出现了渗水现象。正在大堤进行巡查的于祚堂，突然发现套堤背部出现了洪水不断向外涌出的迹象。

说得迟，那时快，于祚棠不假思索地第一个跳入水中，抢险队队员也追随他一个接一个地跳入水中。他们在水中不断向前摸索、寻找漏洞，很快就找到了。可是大伙两手空空，正当束手无策之际，于祚棠二话未说，脱下衣服堵塞漏洞。可是，一件衣服毕竟太小，根本起不了多大作用。大堤上的抢险队员见状，又抛下几个沙袋和石块，可是，由于水流湍急，都被冲跑了。于祚棠心想："如果套堤不保，第二道防线被破坏了，真的就是灾难降临了。"当时情况万分危急，于祚棠忽然看到堤坝上有高粱和芦苇秸秆，于是他急中生智，告诉抢险队员："赶快找来高粱和芦苇秸秆，把它们捆成大捆，堵在漏洞上。"大家纷纷开始行动，用秸秆捆来堵塞漏洞。水流速度开始减缓，大家又找来了一些沙袋和石块。漏洞最终被堵好了，险情排除了。

1949年9月，归故之后的黄河河道较浅，秋汛时期，极易出现险情。为了保证黄河大堤不出意外，于祚堂风餐露宿、衣不解带，连续奋战了十多个昼夜。由于长时间浸泡在洪水中，他身上长出了许多疥疮，又疼又痒。又因长时间的徒步行走和站立，他的双腿开始肿胀发亮。当时连降大暴雨，洪水不断上涨并冲击堤坝，堤埽出现了重大险情，有的地方塌陷了一大块。抢险队队员眼睁睁看着塌陷之处不断扩大，心中异常焦急。于作棠明白，坝埽抢险最缺的是石料，雨下得这么大，河段处处告急，从别的地方调运石料很难办到，何况远水解不了近渴。

正在危急时刻，于祚棠看见河堤附近有一大片红色淤泥，他突然冒出一个念头：用淤泥取代石料。当时已经没有时间仔细推敲了，凭直觉推断可行，于是他决定先试一试。于祚棠果断决定"以淤代石"，大声呼唤抢险队员和堤坝上的工人："大家快用麻袋装红淤泥，这个东西也管用！"在他的引导下，抢险队队员个个飞身而起，用铁锹、用泥桶，将红色淤泥装入了一万多条麻袋，投到出现险情的坝埽下面。淤泥代替石料，最终阻遏了洪水猛烈冲击，大坝转危为安。

于祚棠发明的"以淤代石"防护堤坝的新方法，很快在黄河两岸流传开来。淤泥可以就地取材，而石料运输不易，很费人工。随后，许多地方纷纷效仿此法，在险情中化险为夷。全国各地群众纷纷称赞于祚棠的防护之法神奇，用民众的话说，就是"山东大汉胜过老龙王"。渤海行署、山东省河务局因其功勋卓著，授予他"特等治黄功臣"称号。

于祚棠多次于危急之际力挽狂澜，获全国劳动模范称号。

他始终念念不忘，当劳动模范，要起三个作用：一是带头作用，二是骨干作用，三是桥梁作用……

6. 治黄"包公"包锡成

包锡成（1920—2017），山东烟台人。1947年，西北工学院毕业后，开始从事黄河治理工作。1951年1月，黄河河口气温低、冰层厚，下泄河水受阻，迅速形成冰坝，险情一触即发。治黄新兵包锡成跟随黄河防汛指挥部，披星戴月、夜以继日上大堤巡查险情。1951年2月3日1时，利津、王庄决堤，利津、沾化两县122个村庄尽成泽国。凌汛决口给包锡成上了治理黄河的严肃一课，他下定决心，治理黄河必须研究大河实际情况，不能一成不变。

先前防凌汛的主要办法是撒石灰、撒土融冰、破冰船破冰、人工爆破、大炮轰和飞机炸，这次通通遭遇失败。包锡成目睹了黄河决口时的惨状，内心无比悲痛，他开始认真研究和探索防凌汛的新方法。经过反复研讨和酝酿，他提出了在小街子修建减凌溢洪堰的主张。小街子溢洪堰所起的作用是，如遇严重凌汛，就配合破冰、爆破等措施，有计划地分泄洪水，从而减轻凌洪的威胁，并顺便解决垦利、广饶的灌溉问题，是件一举两得的好事。包锡成作为总设计师，向大家解释其中利害："如能控制河道水量，凌汛才不致为害。破冰虽有一定的效果，但河道长、冰量大，破不胜破，不能解决水的问题，一味破冰，很难摆脱被动局面。"大家无比佩服包锡成，纷纷赞扬他有想法。

最终，小街子溢洪堰成功修建，为防凌汛提供了一个新思路。

1962年11月，黄河水利委员会提出《位山枢纽改建方案报告》，委托山东河务局局长王化云主持这一工作。在黄河下游治理学术研讨会上，围绕位山枢纽改建工程展开了热烈讨论。会上，围绕改建方案出现了严重分歧：王化云主张破除拦河坝，恢复天然河道排洪；包锡成则坚决反对破除拦河坝，主张扩建泄洪闸。包锡成还提出了两个疑问：第一，拦河坝能否破开？第二，破开之后，水势是否会出现大的变化，危及下游防洪安全？双方争执不下，最终决定先按破坝方案准备，并对不破坝的方案做进一步的论证。最后，包锡成认识到自己先前的主张有一定的局限性，只从局部考虑，没有从全局考虑。他知错能改，欣然接受了王化云的破坝方案。

包锡成热爱黄河，也喜爱研究黄河治理。他一心一意从事研究工作，为了提出更科学实用的治河建议，他向古人学习治河经验，不惜花费大量时间学习古文，阅读古代治河文献。他非常关注明代河防重臣潘季驯的治河思想和经验，而且清楚记得这位前辈"河口畅，则下游顺；下游顺，则全局稳"的治河古训。他善于学习古人的经验，但并不完全囿于古人的经验。他曾总结性地指出，黄河为害的症结在于泥沙淤积河道。

他在提出治河建议之前，总会认真调查研究。他还专门坐飞机，不远万里前往美国考察大河治理，主动吸收国外治理大河的先进经验。他在那里了解到，美国为了治理密西西比河河口，用了一百多年的时间，进行河道和海洋的观测，然后进行分析研究。他们的主要经验是变换河口入海方向，找出最优角度，最大限度地利用海水流动的冲击力，从而减少下游泥沙的淤积。这样既保持了河水的深度，又可使河道相对稳定，取得了良好治理效果。包锡成后来在他所写的《关于黄河河口治理的几个看法》中说："黄河下游治理，减少来沙应是上策，不仅对下游河道有利，对河口治理也同样是有利的。"这其中就吸收了古人和外国人的治河经验，这些作品被收集在《包锡成文集》一书中。

包锡成长期在山东黄河河务局工作，兢兢业业。后来，他又担任了黄河水利委员会委员，把自己的青春都奉献给了黄河。他对黄河水沙资源的利用和河口治理、分洪抢险都有自己的独到认识。他姓包，又是工程师，有人戏称他为"包工"。后来，他的威信越来越高，大家又开始改称他为"包公"。"包工"和"包公"二词虽是谐音，但后者更容易使人联想起公正无私的北宋"包公"，而现代"包公"这一称呼，则寄托了大家对他的敬仰之情。2009年，新中国成立六十周年，为表彰为水利事业奉献了六十年的老同志，水利部授予他"长期奉献水利优秀人员"的荣誉称号。

7. 全国劳模李兆忠

李兆忠生活在黄河边东阿县的艾山村，个子不是太高，有些驼背，喜欢抽旱烟，身体硬朗，非常有精神。花白的头发，红润的脸膛，黝黑的皮肤，敞开的深灰色衬衫，不经意卷起的裤腿，沾满泥土的胶鞋……他的容貌和打扮，使他看起来就像是一名庄稼汉。

李兆忠的军旅生活锻造了他坚强、刚毅的品格。从工程部队转业后，他被分到了东阿黄河河务局工作。他从基层河道修防工干起，搬石挥锹，垒坝修堤。当时，科技不太发达，大部分工作靠人力，有一句笑谈："近看是要饭的，远看是扒碳的，仔细一看是黄河段的。"他挑黄河水，住简易帐篷，点煤油灯，用手摇电话。漫天黄沙下，李兆忠和组员用脚步丈量着大堤，用勤劳的双手打造着坚固的坝头。

李兆忠凭借过硬的技术，成为东阿修防段工程班班长。工程不断增加，李兆忠制定了"河段分工法"，一人一段，极大地调动了组员的积极性，而他将最长又最累的一段留给了自己。他带着组员对坝岸进行拆改、整修，确保了高质量和高效率，在班组内树立了更高的威信。伴随着改革的大潮，一腔热血的李兆忠大胆探索起了"小段承包"责任制，在基建工程中推行包干制，或征工包做，或包工包做，高质量地完成了任务，在评比中总是名列前茅。

1983 年 11 月 4 日早上，值班组所在的渡口附近浓雾弥漫，河水湍急。"船翻了！船翻了！快来救人啊！快来救人啊！"喊叫声不断传来，打破了清晨的宁静。李兆忠的第一反应是有人落水了，他快速起身，招呼在场的人赶快救人。他飞快地奔向仓库，扛起一捆缆绳，第一个跑向了渡口。此时的渡口雾气重重，隐约可以看到倾翻的船只在急流中不停地旋转，李兆忠和救援者们一起使劲将船只拖出了危险的水域。然后他纵身一跃，跳入冰冷刺骨的河水中，向渡船快速地游去。其他的救援者紧随其后，也纷纷跳入了河水中，去寻找落水者。"五人，十人……还有三人没救上来！"李兆忠咬紧牙关，硬是一个猛子扎了下去，将其余三人救了出来。他们劈柴烧火，拿出自己的棉被为这些落水者取暖。落水者全部获救了，而救人者有的冻僵了，有的冻病了……落水者紧握着他们的双手表示感谢，他们的脸颊上流下了感激的泪水。如果没有他们出手相救，最终的结果可想而知。山东聊城东阿黄河河务局召开了大会，隆重表彰了他们的英勇行为，为他们记集体二等功。

1989年，李兆忠因贡献突出，被授予"全国劳动模范"的荣誉称号。他悄悄地把荣誉证书藏了起来，连儿女们也没有告诉。当有人提起他的荣誉时，他总说："我没做什么，国家却给了这么高的荣誉，很愧疚，总觉得自己做得还是不够。""黄河安然，国泰民安，我的努力值了！"他总是一边说，一边露出朴实的笑容。

8. 修防技术高手李涛

李涛是一个高高大大的男子汉。他对自己的工作职责十分清楚，常对同事说："修就是维修堤坝工程，防就是防汛抢险。"李涛在刚工作时，不厌其烦地重复着一些日常工作。在值班时，他不停地到堤坝上仔细巡查，清理堤坝上的各种垃圾，修整已坍塌损坏的石垛，及时排除各种隐患。他说："千里之堤，溃于蚁穴。堤坝修防工作不可大意。"哪怕是与大堤毫不相干的事情，他也十分认真，生怕出问题。

李涛从小在黄河边长大，对黄河怀有特殊的情感。他一家四代人都从事着守护黄河的工作。他的曾祖父李京美，参加过治黄工作。他的祖父李福泉参与了吸泥船的制造。他的父亲李伯祥功勋卓越，是一位受人尊敬的治黄劳模。2012年，李涛从部队退伍转业，成为齐河河务局的一名河道修防工。李涛干一行，爱一行。有一次，他学习使用水准仪。由于这项技术复杂，也有一定难度，他多次打电话、发邮件与老师傅沟通，也没有彻底把问题解决好。于是，他驱车一百多里，亲自登门拜访老师傅，求教水准仪的使用技巧，让老师傅手把手地教他。真是功夫不负有心人，后来他成了这方面的技术高手。在同事们眼中，他是一个没事就喜欢拿着书看，经常缠着老同志问这问那的小伙子。白天维修任务重，他就晚上抽时间看书，第二天再把前一天晚上学到的办法亲自实践一下。事实证明，在干中学，在学中干，收效很大。

　　面对繁重的堤防维护工作，李涛刻苦学习新技能和新知识，提升自己的专业水准，利用业余时间钻研《园林绿化工程》《施工项目管理》这些技术性书籍。光有理论不行，他还要进行实践。李涛一心一意做好堤坝修整、工程养护等工作。最艰苦的是修剪草皮，他肩上背着沉重的机器，一刻也不闲着，只为完美地完成养护任务。在他的辛勤工作下，黄河堤坝的绿化工程取得了很好的成效，起到了防风固沙的效果。他梦想成为一名优秀的河道修防高技能人才。李涛不断地钻研，推动了多项技术革新。黄河两岸生物保护需要喷洒药物，在他的带领下，李涛工作室成功研发了"黄河工程生物防护新型药物喷洒装置"，大大提升了药物喷洒的效率。不久之后，他又完成了"控导工程砌石护坡施工人员防护装置"的研制工作，大大节省了养护成本。李涛工作室被评为"全国农林水利气象系统示范性劳模和工匠人才创新工作室"。他坚定地说："我们将以此次命名为动力，着眼长远，持续发力，大力推进创新工作，努力培养更多创新创业人才，为治黄事业高质量发展保驾护航。"

李涛扎根于基层，是新一代的黄河守护者。2017年，他参加了第五届全国水利行业职业技能竞赛河道修防工决赛，凭借着丰富的经验和高超的技术，在四十六名参赛选手中脱颖而出，夺得了冠军。他还获得了"山东黄河技术能手""全国技术能手"等荣誉称号。2018年，他获得了"全国五一劳动奖章"。这些荣耀都是对他曾经付出的努力的最好馈赠。

9. 齐鲁工匠王洪峰

王洪峰与黄河结下不解之缘，始于他被分配到山东黄河第一专业机动抢险队。自从入队后，王洪峰就和大家一起学习，接受各种新知识。由于他在部队得到过锻炼，形成了很多优良习惯，在抢险队中也很受欢迎。可是随着实践的深入，王洪峰深感自己的专业技能还差很多，很多东西一上手，就能看出自己的不足，这让事事都对自己高标准、严要求的王洪峰很苦恼。为了进一步提升自己，王洪峰开始主动拜师学艺，勇敢地直面自己的不足，哪里不行补哪里，再加上他勤奋好学，王洪峰的专业技能很快就得到了提升。

王洪峰记忆最深刻的是，2006年7月一场突如其来的大暴雨致使郓城县杨集险工段出现了严重的险情。汹涌的洪水不断冲击着堤坝，杨集险工段面临着溃坝的危险，抗洪抢险刻不容缓。此次的抢险任务十分艰巨，参加抢险的工作人员背负着巨大的压力。接到抢险任务后，王洪峰带领山东黄河第一专业机动抢险队赶赴现场，风雨之中根本看不清队员们的脸，泥泞的道路使队员们步履维艰，雨水早已使王洪峰和抢险队员们浑身湿透，但他们不敢有丝毫的懈怠。王洪峰在瓢泼大雨中鼓励着抢险队员们。身为技术员，他和队长商议着具体的抢险方法。他根据自己多年的工作经验，将抢险方法的利弊得失娓娓道来，最终他和队长决定采取最可行的方法，用抛石笼、柳石枕处置险情。经过抢险队员们连续一天一夜的紧张工作，险情终于得到了有效控制。由于大家高度紧张，没有人感觉到困乏和饥饿。王洪峰后来回忆说："队员们早上只吃了一个馒头，喝了口水，面对险情，都没有退缩，更没有害怕。"

王洪峰参加过多次抢险救灾，每次都是不怕苦不怕累地冲在最前面。身为一名技术员，他利用自己扎实的专业技能和丰富的抢险经验，多次化险为夷，为抢险工作做出了巨大的贡献。他曾多次说过："困难也有，但有困难不能怕，得想办法去解决，迎难而上。"王洪峰在困难面前毫不示弱。王洪峰全身心投入工作，对家人的关心远远不够。他说自己不是一个好丈夫，也不是一个好爸爸，连女儿的家长会都没参加过，为此他很愧疚。舍小家为大家，在他身上展现得淋漓尽致。他本分务实、踏实能干、勤奋进取的精神值得我们学习，是我们前进道路上的榜样。

王洪峰敢于创新，应用新材料，引进新技术，摸索出了一套独特的抢险方法。2018 年，王洪峰获得了水利部授予的"全国水利技术能手"的荣誉称号。他主持的《重大土木与水利工程安全性及耐久性的基础研究》课题获得了"国家科技成果奖"一等奖。2021 年，山东省总工会发布了第四届"齐鲁大工匠""齐鲁工匠"名单，王洪峰入选。

10. 创新人才亓传周

随着时代的进步，治理黄河的技术也在不断提高。山东菏泽有一位高级技师，他参与并推动了多项黄河治理技术的革新，他就是亓传周。亓传周笑称自己在刚参加工作时是一个"门外汉"。为了提升自身的素质与能力，亓传周花费了大量的时间进行学习。他经常说："技能的学习并非'一朝一夕'之功，需要有'水滴石穿、铁杵磨成针'的精神。"每天他都早早来到工作单位，开始一天的工作。他对待工作认真负责，没有一丝一毫的懈怠。工作中需要亲自到实地动手操作的机会很多，难免会遇到自己不会的问题。

每当这时候，亓传周就会向老一辈的师傅虚心请教，不会的问题他就反复问，直到弄明白。师傅们看到他这么用功，都对他十分赞赏，纷纷把自己多年的经验传授给他。有了他们的大力支持，亓传周进步飞快，许多操作很快就上手了。只会实践还不行，还要提升理论水平。亓传周晚上下班后便开始自学，他买了不少专业书籍来阅读，而且将其与实践中积累起来的经验相结合。在他坚持不懈的努力下，终于学有所成，这也为他日后成为"大工匠"打下了坚实的基础。

知识基础有了，下一步就是创新。亓传周首先改造引黄闸测流设施，为了对引水量进行更加精确的计算，亓传周引进了网络技术。这项工作十分不易，亓传周花费了无数个日夜才改造成功。有了这项新技术后，测流设施可监测、可报告、可计算，大大地节省了人力和物力。这次改造使许多人认识到了亓传周高超的创新能力。

有了这一次的成功，亓传周更是信心十足，开始了又一项技术革新——研制智能泥沙取样器。监测河水泥沙含量是维护水闸运行的一项基础工作，泥沙含量测定原来主要依靠人工采样监测，不仅费力，还不一定精确。亓传周为了解决这一艰难问题，开始像以前一样慢慢摸索。技术革新从来不是一件简单的事情。在这个过程中，亓传周失败了无数次，但他并不气馁，不断从失败中总结教训，一点一点地进行改良。探索渐渐有了眉目，他趁热打铁，终于一举攻克了难关，设计出了一个全新的智能泥沙取样器，这种取样器一个人就可操作，更加方便快捷。

亓传周不断创新技术的同时，没有忘记培养自己的学生。根据自己的经验，他创造了"师带徒""传帮带"的形式，以此培育学生，使之后继有人。师傅在前面做引路人，教给学生绝技和绝活。为了检验学生的学习成果和激发学生的内驱动力，他让自己的学生大胆地参加组织部门主办的各种竞赛活动。这种教学方法收到了很好的效果，学生们为了在比赛中取得好成绩，刻苦学习，虚心向老师请教，花费大力气磨练技术。比赛时，学生们个个摩拳擦掌，奋力争先，取得了优异的成绩。亓传周看到学生如此良好的状态，十分欣慰！

亓传周的多项创新成果，使他获得了很多奖项，获得过十多项国家专利，获得过科技进步奖和科技火花奖。亓传周致力于黄河治理，为此奉献了自己的青春，最终成长为一名"大工匠"。2006 年，他获得了"全国技术能手"的荣誉称号。2022 年，中华全国总工会授予他"全国五一劳动奖章"。

（二）黄河优秀卫士

1. 守桥卫士王士栋

济南泺口黄河铁路大桥北面，生长着一大片苍松翠柏，看起来郁郁葱葱的。在苍松翠柏之间，矗立着一座雄伟的雕塑，这个雕塑呈现的是一个高大伟岸的解放军战士形象。只见他双眼望着正前方，两只手臂紧紧攥住肩上扛着的一根原木，正飞步向前。这个栩栩如生的解放军战士形象的原型就是王士栋。他是山东泰安人，1966 年 3 月加入了中国人民解放军，经过入伍之初艰苦的训练，成为一名守护济南泺口黄河铁路大桥的战士。

1967 年 5 月 31 日，夜幕降临之际，原本是晴空万里的好天气，可是转眼之间，一团团乌云滚滚而来，轰隆隆的雷声响了起来。紧接着，一场狂风暴雨从天而降。此时，黄河铁路大桥桥头上还堆放着原木。这些原木本来是准备用于工程建设的，此时此刻，正被一阵阵剧烈而又凶猛的风卷着四处乱飞，有的原木已经横七竖八地落到了长长的铁轨之上。而且，这样的原木数量越来越多，一个巨大的险情正在悄悄地酝酿。

当时，战士王士栋正在值班守护黄河铁路大桥，他在风雨之中远远地望见桥头上绿色的信号灯在不停地闪烁。他大声地对守护班的战士说："不好了，不好了，风这么大，万一附近的原木被狂风卷到铁轨上，是要出大事情的。""快点儿，快点儿，列车马上就要来了。"他赶紧督促负责守护黄河铁路大桥的数名战士前去巡查。大家在王士栋的号召之下，赶快拿起手电筒，披上雨衣，向黄河铁路大桥上的列车轨道飞奔而去。

此时风雨交加，天空中不时有闪电划过，紧接着一个炸雷响起，震耳欲聋。王士栋冲在最前面。果不其然，他们发现铁轨上躺着许多原木。立刻行动起来，有的用手抱着原木，有的用肩扛着原木。为了不使这些原木再被大风刮到铁轨上，他们快步向前把原木丢进了河中。夜间一片漆黑，他们借助着闪电的光亮和手电筒微弱的亮光，不停地向前搜寻。铁轨上的原木越来越少，就在大家快要完成清理工作之时，突然传来了列车的吼叫声。此时，铁轨上依然有三根原木横躺着。战士们奋力跑着，把其中的两根原木丢到了河中。列车飞驰而来，铁轨上还有最后一根原木横在那里。

王士栋眼看着列车就要来了，他没有选择后退，而是加快速度冲向了最后一根原木。他竭尽全力抓起这根原木，奋力将其抛到了铁轨以外。还没等王士栋从铁轨上下来，列车就呼啸而来，飞速的车轮一下子卷住了他，他犹如一根挺拔的青松，突然之间就倒下了，一个年轻的生命就此陨落。大雨之中，战士们悲痛地呼喊着他的名字，他们的视线变得模糊了。

由于王士栋的最后一搏，列车最终安然无恙。等到战士们找到王士栋的遗体时，发现他的身上早已血肉模糊，他被列车拖拽出五六百米的距离。而周围铁轨上血迹斑斑，还有一道道血印。他牺牲得太壮烈了，仅仅二十一岁的王士栋，生命永远定格在了黄河铁路大桥之上。为了进一步弘扬王士栋舍身忘己、勇救列车的大无畏精神，1967 年 7 月 6 日，中共山东省军区党委追认王士栋同志为中国优秀共产党员，授予他"一等功臣"的荣誉称号。

2. 黄河卫士张道强

黄河治理是一项长期工程。有人出于私利破坏黄河生态，有人则坚决制止违法行为。在汹涌的黄河边，违法和守法的斗争不断上演，张道强就是黄河边的一位执法人员。

2009 年夏天，张道强像往常一样走进办公室，准备开始一天的工作。忽然，传来一个消息，东阿县有村民私自在黄河河道上架设了一座浮桥。工作人员听到消息后，急忙向张道强报告。张道强当时正在处理工作，听到信息后沉思了一下，最后决定亲自前去制止这一违法行为。为了开展执法工作，他喊同事一起前去。当时正值七月，天气炎热，张道强没顾得上防暑，就急匆匆地赶到了现场。几名村民看到张道强一行到来十分抗拒，不停地吵嚷，阻止执法。张道强亮出工作证后，耐心地对违法者进行劝说，告诫他们不要在黄河上面私搭浮桥。违法村民非但不听他的劝阻，反而加大了反抗力度。其中有人嫌张道强多管闲事，十分不满，走上前来推搡张道强。张道强一边耐心劝说，一边注意他们的举动，想方设法稳住这种场面。

场面一度很混乱，旁边的几个村民也变得不耐烦了。他们仗着人多势众，走上前来一起推搡张道强，准备动手打架。张道强的同事看到情况不妙，为了保证张道强的人身安全，他们纷纷走了过去，推开了那些村民。张道强并没有立即转身离去，而是继续坚持自己的原则立场，对那些违法的村民动之以情，晓之以理。中午的阳光毒辣辣的，张道强和同事们满头大汗，带头从事违法活动的村民的嚣张气焰开始低落，他们不再坚持自己的看法，态度有了缓和的势头。张道强趁热打铁，从私建浮桥的危害性讲到了保护黄河的重要性。功夫不负有心人，这几名村民最后深刻认识到了自己的错误，为张道强认真负责的态度而感动，并主动改正了自己的错误，他们一起上前将私搭的浮桥撤了下来，这一问题最后得到了妥善解决。真是不打不相识，后来他们还成了好朋友。

各式各样的违法行为给张道强留下了深刻的印象，如非法采砂、违法取土、违规架桥，他从事保护黄河的执法工作之余，也在反复思考，如何让广大民众更好地理解保护黄河的重要性，如何更好地动员各行各业的人们自觉地参与到保护黄河的行动中来。有一天，张道强将目光投向了网络平台，他清楚网络文学方兴未艾，于是选取了知名的网站和有名的报刊，不断尝试发表自己的作品。他历经艰辛创作的执法小说《较量》，在网络平台受到了广泛关注与好评，荣获了全国第八届"母亲河奖"。他十分高兴，这也给自己的写作带来了前所未有的动力。为了进一步宣传保护黄河的理念，他呕心沥血地将《较量》的内容进一步扩充，于是有了现今五十万字的执法长篇小说《步步较量》。在写作的过程中，为了寻找优秀的素材，他亲自求教已退休的水政科科长和黄河派出所的所长。他们十分惊讶，为张道强的执着精神所感动，给予了全力支持，提供了丰富而又鲜明的各种素材。这些素材使小说情节更加跌宕起伏，生动感人。

张道强既是一名黄河边的执法者，也是一名保护黄河理念的积极宣传者。他虽然身处平凡的工作岗位，但却取得了不平凡的成就。2021 年，张道强入选"2021 年度法治人物"。

（三）杰出的黄河之子

1. 改革先锋孔繁森

孔繁森是山东聊城人，黄河流经聊城。从小到大，孔繁森受黄河之水的养育，怀有四方之志。

1979 年，国家抽调一批年轻干部赴藏工作，孔繁森主动请缨，并写下了"是七尺男儿生能舍己，作千秋鬼雄死不还乡"的铮铮誓言。他奔赴西藏前任聊城市委宣传部副部长。第一次奔赴西藏时，他担任日喀则地区岗巴县委副书记。孔繁森入乡随俗，积极调查研究，跑遍了全县的乡村和牧区，全面了解了藏族人民群众的生活和生产情况。

那时，当地的医疗条件比较落后，偏远牧区尤为严重。孔繁森看在眼里，急在心里。孔繁森利用自己的休假时间，专门学习了医疗护理技术。为了解决偏远牧区民众的燃眉之急，孔繁森每次下乡时总是带上一个小药箱，里面有他自费购买的一些治疗常见病的药品。他在工作之余，就给生病的农牧民听诊把脉，发药打针。

有一次，孔繁森去看望孤寡老人，恰好看到一个藏民有只脚溃烂发炎了。于是，他打开自己随身携带的小药箱，拿出了消炎药品和简单的器械，把藏民发炎的那只脚小心地擦洗干净后，涂上了药物，然后轻轻地用纱布包扎好。他又把自己的灰色风衣披在了那个藏民身上，掏出身上的钱塞到了藏民的手中。藏民十分感动，口中念叨着："今天真是遇上了活菩萨！今天真是遇上了活菩萨！"那个小药箱不知陪伴孔繁森走过多少村庄，去过多少人家。时间长了，广大藏民不仅认识了好干部孔繁森，也都知道了他有一个宝贝药箱。这个宝贝药箱救助了藏区许多牧民，消除了许多人的痛苦。因而他们给予了孔繁森一个特别而又亲切的称呼——"药箱书记"。后来，孔繁森生前一直使用的小药箱成为国家一级文物，被永远珍藏在聊城孔繁森纪念馆中。

阿里是西藏最为偏僻和平均海拔最高的地区，人烟稀少，孔繁森外出工作时，常常看不到一个人影。途中虽然十分艰辛，但是孔繁森依然自信乐观。当他看到一汪汪清澈见底的高山泉水时，热情地招呼同行的工作人员道："你们快来尝尝这上好的泉水，没有污染，等我们自己开发出来了，让外国人花美元来买！"在孔繁森的领导下，阿里地区的经济有了日新月异的发展。

1994 年 11 月 29 日，孔繁森在返回阿里的途中，不幸发生了一场车祸。他如同一朵洁白的盛开的雪莲花，突然之间凋零在了苍茫无际的青藏高原上。在悼念孔繁森的隆重葬礼之上，有一副挽联恰如其分地概括了他的一生："一尘不染，两袖清风，视名利安危淡似狮泉河水；两离桑梓，独恋雪域，置民族团结重如冈底斯山。"孔繁森逝世时，只留下两件无比珍贵的遗物：一是八块六毛钱；一是去世前写的关于发展阿里经济的建议。

孔繁森是从黄河之滨走出来的一名优秀干部，是杰出的黄河之子。当时，江泽民总书记听闻孔繁森的事迹后，亲笔题词"向孔繁森同志学习"。2009年，孔繁森被评为新中国成立以来100位感动中国人物之一，被党中央、国务院授予"改革先锋"的荣誉称号，并颁授了"改革先锋奖章"。

2. 孟祥斌勇救落水女

孟祥斌出生于山东齐河县，从小生活在黄河边，受黄河的哺育，接受黄河文化的熏陶。黄河奋勇向前、永不回头的精神，从小在他心中留下了深刻的印象。他少年时心怀鸿鹄之志，理想是做一名解放军战士，保家卫国。孟祥斌高中毕业后远赴兰州当兵，在部队勤奋刻苦，成绩优异。后来，孟祥斌被推荐到了部队机要科。有一年，孟祥斌的父亲需要做心脏手术，妻子打电话要孟祥斌回家一趟，孟祥斌当时沉默了很久，最终却没有向部队领导请假。孟祥斌总是任劳任怨，不麻烦上级，不影响同事。

2007年11月30日，孟祥斌携妻子和女儿到金华婺城区购物。经过通济桥时，一名女青年从十多米高的桥上跳了下去。孟祥斌一边冲向桥边，一边脱掉身上的衣服跳水救人。十分钟后，前来救援的摩托艇靠近了他们，孟祥斌用最后的力气将女青年托出了水面，交到了救援人员手中，自己却沉入了深不见底的江水中，一个年轻的生命就此陨落。从丈夫下水救人开始，妻子和年幼的女儿焦急地等候了四个多小时，也没有看到孟祥斌。丈夫在跳江救人时说的"我会游泳"，以及在江中说的"我吃不消了"，最终成为诀别妻女的两句言语。妻子痛不欲生，几次想要跳江，都被好心的群众拦住了。英雄的壮举迅速在社会各界引起了强烈反响。婺江之畔，城南桥头，摆满了鲜艳的花圈；街头巷尾，英雄牺牲之地，人们自发地哀悼英雄。

孟祥斌勇救落水女子的事迹，很快传遍了其生前所在的部队。孟祥斌所住的宿舍楼里的战友们和同一个教导队的战友们，纷纷写下了自己的感言，一张张贴满了宣传栏。他的战友张小龙说："当国家危难之际，冲锋陷阵的是我们军人；当人民生命财产受到威胁时，冲上前的是我们军人；用自己的生命抢救他人生命的，是我们的英雄。向英雄致敬，向英雄家属表示敬意。"队长张建强说，成为英雄只是一瞬间的事情，这与他的思想境界是分不开的。孟祥斌的妻子叶庆华是一位伟大的军嫂。她在丈夫的追悼会上，抑制住内心的悲痛，坚定地对着丈夫遗像说，她一定会将家中的老人和孩子照顾好，希望丈夫一路走好。叶庆华经常教育她的女儿道："你爸爸是救人牺牲的，是全家的骄傲。"女儿的理想是成为一名人民教师，为国家做贡献。

孟祥斌是中国人民解放军战士的优秀代表，以自己的行动诠释了"人民的军队爱人民"的宗旨。孟祥斌也是一位从黄河边走出来的杰出英雄，他是人民的好卫士。他英勇救人的壮举，感动了全国人民，他被评为2007年"感动中国"人物。

四

黄河烽火　智勇斗敌

山东黄河儿女是英雄儿女。回顾往昔，黄河之滨抗战烽火燃起，八路军将士和游击队表现出了英勇善战的精神，国民党军队中的范筑先将军亦是誓死抵抗日军。解放战争时期，刘邓大军巧渡黄河，表现出了共产党人敢于夺取胜利的精神，支前运动呈现出了"军民团结如一人"的宏伟景象。在与内外敌人的斗争中，黄河之滨涌现出了许多可歌可泣的英雄人物，他们展现出了轰轰烈烈的革命斗争精神，书写了一曲曲令人荡气回肠的英雄赞歌，在山东英雄谱中熠熠生辉。

（一）英勇抗战

1. 仿制炮弹

　　1941年1月13日，八路军在山东郓城附近的潘溪渡打了一次伏击战，消灭了许多日本兵和伪军，缴获了一大批战利品，其中有一门半新半旧的九二式步兵炮，还有六发炮弹。战士们看到步兵炮时心里美滋滋的，爱不释手。步兵炮的威力大，用在战场上，一定会杀死更多的敌人。再看到仅有六发炮弹时，大家心里很是失落，炮弹实在太少了，一旦用光了炮弹，步兵炮再也没有用武之地了。一个八路军战士突然说道："我们能不能自己造炮弹？这样，步兵炮就可以一直用了。"旁边的团长龙飞笑着说："这个主意好，我把你的想法向上级汇报一下。"

不久之后，上级下达了一个命令，让他们仿制九二式步兵炮炮弹，以解决炮弹数量不足的问题。可是，对他们来说，仿制炮弹绝对是一个大难题。以前八路军主要靠英勇善战缴获敌人的武器装备，正如《游击队歌》中唱的那样："没有枪，没有炮，敌人给我们造。"八路军当时还没有自己的兵工厂，只有少量的维修工，平时负责维修枪支，偶尔造一些手榴弹。现在要自己动手造炮弹，许多人听了直摇头。

万事开头难。团长龙飞召开专门会议讨论了造炮弹的事情，并正式组建了炮弹厂。他对炮弹厂的人员精挑细选，从八路军中挑选出了一些爱钻研、胆大心细、政治觉悟高、干劲十足的战士。听说要制造炮弹，大家个个摩拳擦掌。有的战士自信地说："武器都是人造的，不就是个炮弹吗！"也有心细的战士反驳说："造炮弹和造手榴弹完全是两回事，不信等着瞧。"大家七嘴八舌，议论纷纷。最后，政委曾光说："办法总比困难多，困难吓不倒我们。我们不但要造炮弹，还要造步兵炮！"

就这样，造炮弹的工作开始了。首先专门找了一个有经验的战士拆卸了一发步兵炮炮弹，拆卸过程中小心翼翼，以防止炮弹爆炸伤人。弄清楚了炮弹的结构原理之后，开始正式制造炮弹。制造炮弹需要多种材料，炮弹壳使用旧的，弹头用生铁回炉打造，引信中的雷管是从废炮弹中拆下来的。经过许多道工序和认真打磨，炮弹厂终于造出了第一发炮弹。

　　紧接着是试验炮弹，龙团长和曾政委亲自到现场观看了这一试验。只听嘭的一声，炮弹飞速发射了出去，可是，飞出去的炮弹居然半天也没有爆炸，原封不动地躺在那里，这让造炮弹的战士们很是失望。龙团长和曾政委安慰大家道："失败是成功之母，不要灰心丧气，凭你们的干劲，炮弹一定能够造好，看看问题出在哪里了？"炮弹的设计师小张把没有爆炸的炮弹拆开看了看，又开动脑筋想了一会儿，明白了其中的原因，是引信出了问题。原来新造的炮弹撞针滑道有些粗糙，弹簧有点儿软，在炮弹射出的一瞬间，不能发生强有力的撞击，自然就不能引燃炮弹的引信，所以就不能爆炸。三天以后，炮弹厂又造出了一发炮弹，这次的试验非常顺利。大家兴高采烈地喊着："炮弹爆炸了！炮弹爆炸了！"

　　虽然学会了造炮弹，但最让人头疼的是缺乏造炮弹的材料，各种材料都要想办法去解决。扒敌人的铁路，用铁轨造弹头；到处搜集废铜旧铁制造炮弹壳；鼓励战士们到战场上搜集炮弹壳。炸药问题用两个办法解决：一个是从哑弹中找炸药，以至于战士们到处搜集哑弹；另一个是自制炸药，用大铁锅熬制炸药。最难办的是制作雷管和引信，这是一个技术活，很是费脑筋。后来我方搞到了一本敌人制造军火的手册，战士们琢磨研究了好长时间，最终学会了研制雷管和引信。

　　造炮弹的流程战士们非常熟练了，又有了原材料，造炮弹的速度自然也就加快了，从最初每个月生产不到十发炮弹，到后来能生产几十发炮弹。当初缴获的那门步兵炮威力大增，战士们对着日军就是一通狂轰。这把敌人搞糊涂了，他们叫嚷着："从未见过八路军这么强的火力，难道八路军会造炮了？不可能吧，难道是背后有国民党军队支持？"敌人百思不得其解，他们不相信"土八路"会造炮弹。

不久，炮弹多了，步兵炮却显得捉襟见肘。所以，炮弹厂又有了下一个努力的目标——制造步兵炮。战士们又经过一番刻苦的钻研，半年过后，仿制出了一门步兵炮。从炮筒到后座，到炮膛的膛线……所有的一切都是自力更生的结果，所有的材料都是取自于四面八方，所有的困难都是群策群力去解决。比如，炮膛中最关键的是膛线的制造，战士们不分白天黑夜地思考分析，才琢磨出一个"拉线杆"，每一条膛线都凝聚着战士们的心血和智慧！

2. 心心念念的马提灯

1938 年，日本侵略者攻陷菏泽，烧杀抢掠，无恶不作。为了抵御日军的疯狂进攻，许多爱国志士组织起抗日武装，与敌人展开了生死较量。队长王登伦率领的青丘支队，活跃在菏泽地区。王登伦高大威猛，腰间插着一把盒子枪。为掩人耳目，避免敌人发现，他将指挥部设在了李思敬家的一个老院子里。

那时，李思敬才十岁，王登伦是他最崇拜的对象。他一看王登伦闲着无事，就领着一帮年龄相仿的孩子缠着王登伦，让他讲打日军和捉汉奸的故事。看到孩子们兴致勃勃，王登伦很愿意讲自己经历过的战斗故事。有时候讲完了，孩子们还会叽叽喳喳问各种问题，王登伦都会耐心地一一讲解。王登伦不仅给他们讲故事，还让他们学文化，每天安排一名战士给李思敬和村子里的孩子们上课，教他们读书识字。那时的条件十分艰苦，连一盏煤油灯也没有，天色一阴暗下来，就不得不停止学习。有时候，孩子们在明亮的月光下学习。大家的学习热情很高，认识了许多字。李思敬的表现很优秀，被王登伦任命为儿童团团长。

1942 年 12 月，青丘支队忽然接到东明县交通科传递的一份重要情报，汉奸刘显扬打算到陆圈镇裴梅王村抢粮食。为了打击汉奸的嚣张气焰，王登伦决定发动一次锄奸斗争。他召开了紧急会议，仔细研究了刘显扬可能经过的路线，决定在两个地方设下埋伏，一个是由胡庄和油坊李村通向裴梅王村的路上，另一个是五霸岗村通向裴梅王村的大路两旁。埋伏好之后，王登伦和战士们静静地等待观察，希望刘显扬快快进入埋伏圈，好将其一举歼灭。

正如先前预测的一样，刘显扬选择了由胡庄和油坊李村通向裴梅王村的这条路线。队长王登伦当机立断，让战士们做好接应工作，亲自带一部分战士进入伏击地段，利用地形和植被的有利掩护，严阵以待。没过多长时间，刘显扬和他的部下大摇大摆地出现在了战士们的视线内。刘显扬显然是一个贪生怕死之辈，命令先头部队快速前进，自己却远远地跟在后面。敌人的先头部队进入了布置好的伏击圈，被王登伦率领的战士活捉或击毙。刘显扬一看大事不妙，仓皇逃跑，结果遭遇了另外一处伏击的战士，但无比狡猾的刘显扬还是急忙逃跑了。

伏击战斗结束后，战士们打扫了战场，清点了战利品，除了缴获的枪支之外，队长王登伦还发现了一盏马提灯。他心中满是喜悦，这一回可有交代了，儿童团的礼物转眼间就有了，他知道孩子们晚上最需要什么。儿童团听说战士们打了一个大胜仗，李思敬带着儿童团成员前来迎接战士们凯旋。王登伦看到这些可爱的孩子，高兴地拿出部队缴获的马提灯递给了李思敬，并叮嘱李思敬道："我把这盏马提灯送给你们，你们晚上就可以在这盏灯下学习了。"这是王登伦送给孩子们的最好的礼物。后来，不幸的是，队长王登伦在一次与敌人的激烈战斗中壮烈牺牲了。李思敬为此悲痛了好久，始终不能忘记与自己朝夕相处的可敬队长。斯人已去，他一直用心珍藏着这盏马提灯，无论他走到哪里，都要带上它。

时光荏苒，岁月沧桑，马提灯变得日益陈旧。如今，李思敬已白发苍苍，但他依然心心念念这个"宝贝"。一有时间，他就拿出一个小木箱子，揭开包裹在上面的一层油布，拿出一盏锈迹斑斑的马提灯。他用那微微颤抖的双手，捧着这盏陈旧的马提灯。往事又依稀浮现在他的眼前。这盏马提灯背后的故事令人动容，它寄托着一个队长的殷殷希望，他期盼未来的一代努力学习文化，保家卫国。

3. 泰山之上捉俘虏

1943 年 7 月，泰山军分区司令员廖容标与鲁中军区敌工部部长鲁宝琪到泰北地区视察工作。工作之余，泰（安）历（城）

独立营政委张正德提出，上泰山看看风景。他说："现在泰山成了日伪军的游乐园，自己人却没有去过，心中有些不服气。"廖容标和鲁宝琪看到大伙儿都想上泰山一游，笑着说："那里可能有敌人，先上山侦察一下地形，再做决定吧！"他立即派一个侦察员前去泰山侦察。侦察员发现山上并没有日伪军驻守，同时还发现泰山后面有一条小路，可以直达泰山顶峰。

7月27日晚上，廖容标和鲁宝琪、张正德等人，借助明亮的月色，沿着崎岖的山路向泰山顶峰攀登。黎明之际，他们一行二十多人到达了泰山顶上的日观峰。日观峰景色迷人，一轮红日正冉冉升起，霞光万丈，绚丽夺目，气势恢宏。接着，他们又到了舍身崖和玉皇顶。廖容标第一次真切拥有"会当凌绝顶，一览众山小"的感受。在那个战火纷飞的艰苦岁月，他们平时根本无闲情观赏祖国的大好河山，那一日却是大饱眼福。廖容标慷慨激昂地对大伙儿说道："祖国的大好河山，岂容日寇蹂躏，我们一定要驱逐日寇出中国。"

中午，他们饥肠辘辘地走进南天门附近的一家小饭店，准备吃饭。廖容标作战经验丰富，在店家准备饭菜之时，他率领两名警卫员，专门考察了南天门一带的地形。南天门面向泰安城，背靠玉皇顶，地形十分险要。南天门是游客的必经之地。突然一个警卫员向廖容标报告道："刚才发现有人上山了！"廖容标拿起望远镜仔细观察，看到十几个人正向山上而来。身边的警卫员出于安全考虑，建议首长赶快下山。廖容标镇定地说："这个时候决不能下山！不如就此守候，万一真的是敌人来了，我们可以占据有利的地形，以逸待劳，乘其不意，攻其不备。"廖容标立即命令八路军战士做好准备，以应对意外事情的发生。又过了一会儿，侦察员又来向廖容标报告道："山下来了十多名伪军，有两顶轿子。"

廖容标和鲁宝琪二人进行了一番商议，决定采用"关门打狗"的计谋，不放一枪，俘虏敌人。廖容标把整个作战计划详细解说了一遍，最后下达了行动命令：鲁宝琪率十名八路军战士埋伏在南天门的两侧，准备伏击敌人；叮嘱饭店老板正常营业，其余人员隐蔽在饭店之中，进来一个敌人，活捉一个敌人。走在最前面的两个伪军，一个自言自语："连个八路军的影子也没有！"另一个悄悄地说："老天爷保佑吧，一路上千万别碰上八路军！"两个伪军刚一进门，就被冰冷的枪口对准了心窝，只好乖乖地当了八路军的俘虏。后面的伪军一个接着一个地当了俘虏，其中一个伪军中队长和他的太太，吓得连连跪地求饶。

又过了一会儿，来了四个西装革履的日本人，他们胸前挂着相机，叽里咕噜地说着日语。廖容标下达命令道："做好准备，我们要捉鬼子了！"四个日本人本以为这是他们的地盘，所以没有把安全放在心上。他们走走停停，磨蹭了好长时间。日本人刚进南天门，八路军战士就一跃而起，将三个日本人掀翻在地。后面的一个日本人看形势不妙，急忙转身逃跑，慌慌张张逃下了山。三个日本人，一个被活捉，两个因极力反抗被八路军战士开枪打伤了。

廖容标对俘虏的伪军和三个日本人进行了一番审讯，得知那个未受伤的日本人名叫间本，担任日军电报局局长。为了进一步扩大八路军的政治影响，廖容标决定除了把间本和缴获的武器留下之外，在经过一番思想教育工作之后，把受伤的两个日本人和十几个伪军全部释放。为了落实八路军优待俘虏的政策，还让伪军中队长护送受伤的两个日本人下山。由于他们有伤在身，先前伪军中队长和他的太太乘坐的那两顶轿子，就给受伤的两个日本人用了。

随后，廖容标告诉大伙儿，目前斗争还远远没有结束，日军一旦得到有人被活捉的消息，就一定会派更多的兵力前来报复。所以，一定要采取妥善的办法，处理好活捉日本人的后续问题。他分析说："那个逃跑的日本人，一定会向他们的指挥官报告，他们是如何遭遇八路军的伏击的，从而开脱自己的罪责。所以我们在泰山之上已不能长久地停留，鬼子大军随时会前来围剿。"于是他立即派人护送俘虏返回了所在的驻地。

当时的情况非常紧急，司令员廖容标心中记挂着当地民众的安危。他命令自己的手下，立即前去劝说泰山周边的父老乡亲马上转移。果然正如他的推断，廖容标等人刚刚带着当地民众转移，日本重兵就到了。他们包围了泰山一带的村子，敌军指挥官气急败坏，扬言找不到间本，捉不到八路军，誓不罢休。敌人在泰山附近的村子烧杀抢掠，挨家挨户搜查。廖容标也没有放过敌人，他利用日军不知虚实这一点，巧妙运用了伏击战术，充分利用地形的有利条件，不断地捕捉有利的作战时机，乘机消灭了许多日军。敌人在山上和山下转来转去，最后也没有发现八路军的影子，更别说是他们想要的间本了。敌人到头来是竹篮打水一场空，只得灰溜溜地返回了自己的老巢。

而那个名叫间本的日本人，他的身份很特殊。当时他是日军驻山东省的电报局局长，知晓敌人的许多情况，对八路军而言，十分有利用价值。于是，廖容标让通晓日语的战士对他进行耐心的说服教育，最初间本表现得极不服气，但由于我们优待于他，生活上对他格外照顾，后来他终于表示自己会真诚悔改，并答应为八路军做事。八路军最后决定释放间本，间本后来又回到济南从事工作，他不时地给八路军悄悄送来敌人的情报，成为八路军在日军中安插的一个卧底。后来，八路军指战员游泰山俘虏鬼子的事情，一时之间在当地传为佳话。

4. 游击队的母亲

平阴县六区张家村的郭爱民家境贫寒，且生活在战争年代。1944年，偶然的一次机会，她接触到了八路军游击队，对他们的生活和工作作风由衷地敬佩。受八路军游击队的影响，她的斗争觉悟有了很大提高，有时她悄悄为游击队提供敌人的情报。为了进一步发动群众，开展与敌人的斗争，党组织派人与她进行了一番深谈，激励她积极发挥带头作用。有了党组织的指导，郭爱民信心十足，开始组织与发动群众。张村周边一带的农会、妇女会和工会等组织开始建立起来，推动了当地工农斗争不断向前发展。

当地的一个大地主看张村的群众不断向八路军游击队靠拢，有的青年干脆加入了游击队，觉得这样发展下去，自己迟早会成为革命的对象。他如坐针毡，想要遏制住这种势头，想方设法地打探是谁在领导这些活动，最后发现是郭爱民。大地主又考虑到她是一个妇女，生活贫苦，就想收买她。于是私下派管家对她说："大嫂做事得罪了那么多人，富人与你记仇，对你没一点儿好处。你家生活条件差，我们有的是粮和钱，你随便说个数目，我们给你送去，你不要跟那些'泥腿子'闹革命了。"这个大管家被郭爱民骂了个狗血喷头："谁稀罕你家的臭钱，饿死也不吃你们的昧心粮。"最后他只好灰溜溜地回去了。大地主仍然不死心，又多次派人来贿赂郭爱民，结果郭爱民当众揭穿了他们的阴谋诡计。不久之后，当地兴起了轰轰烈烈的打土豪、分田地的运动，郭爱民走在队伍最前面，带领广大群众把大地主的土地分给了贫苦大众。

不久，与敌人的斗争遇到了一些挫折，日伪军反攻并占据了平阴县城，白色恐怖日益严重。但她的斗争精神没有丝毫的动摇，自己干脆参加游击队打击日伪军。有一次，八路军游击队想要了解敌人的活动情况，就动员当地的游击队队员到黄河东部侦察敌情。当时郭爱民大腿上生了一个脓疮，肿得厉害，但她态度坚决地说："队长，我是当地人，也刺探过敌人的情报，这个工作很适合我，我一定能顺利地完成任务。"她一再坚持自己是最适合的人选。游击队队长考虑到道路泥泞，河水也深，腿上生了脓疮，如果不停地走路，很容易感染。郭爱民说自己会注意的，她包扎了一下就出发了。

她十分机智勇敢，一路上多次遇到敌人的盘查。有个长官盘问她："你见过八路军没有？"她装作不知情地说："我一个女人家，不知道什么七路与八路，就知道自己是回娘家，我娘生病了，我必须回去看她老人家。"她沉着应对狡猾的敌人，最终一一化解了危局，把平阴县城敌人的情报弄到了手。返回时正好路过她家，她看时间来得及，决定回家看一眼就走。她很久没回家了，家中有两个孩子，她太想他们了。两个孩子看到日思夜想的母亲就在眼前，眉开眼笑。可是一听母亲说自己马上就要走，两个孩子就开始哭哭啼啼，扯住她的衣角不让她走。由于情况紧急，不能再耽搁时间了，她眼中含泪，使劲摆脱了两个孩子的纠缠，披星戴月地赶回了游击队的驻地，把情报交给了游击队队长。在后来的平阴袭击战中，游击队打了敌人一个措手不及。

郭爱民在游击队时十分关心队员们，就像关爱自己的儿女一样。她给游击队队员做饭、洗衣服。有的游击队队员的袜子、衣服破了，她还会亲手缝补。后来，她发现队员们的被子太脏了，就亲自动手拆了棉被，洗干净后又重新缝好。当游击队队员看到干净整洁的棉被时，不由得热泪盈眶，他们不约而同地想起了自己的母亲，母亲为他们洗衣服、缝被子。后来游击队队员编了一首歌曲来赞美郭爱民，歌中唱道："游击队员郭爱民，巾帼英雄好身手。她为革命不怕死，刺探情报入敌穴。不怕敌人多凶恶，敢与敌人争高下。做饭洗衣缝棉被，我们把她比母亲。"彼时游击队队员都认为郭爱民是"游击队的母亲"。但他们不知道的是，郭爱民家中的两个孩子却没有得到母亲的关心和守护。

（二）斗争典范

1. 鄄城战役缴获榴弹炮

解放战争时期，鄄城是山东菏泽代管的一座县城，那里曾发生过一场重要战役——鄄城战役。1946年，国民党军队大举进攻解放区，刘伯承、邓小平正在商讨作战事宜，突然收到一份情报，刘汝明率国民党炮兵第十团和榴弹炮营正经菏泽进犯鄄城。刘伯承、邓小平二人眼前一亮，认为这是歼灭敌人的一个好时机。杀他一个回马枪，打敌人一个措手不及，顺便把敌人的榴弹炮夺过来，武装我们自己的军队。

为了万无一失，刘伯承和邓小平合计，先放一个"烟幕弹"迷惑一下敌人，命令解放军从鄄城北撤，并在沿途制造弃粮翻车和仓皇撤退的假象。敌人果然上当了，率军前来追赶。10月29日，敌人来到了鄄城附近。我军得知敌人上当了，派人继续侦察敌人的活动情况。在了解了敌我情况之后，趁敌人没站稳脚跟，我军决定先歼灭敌人的炮兵团，然后配合友军全歼榴弹炮营，夺取敌人的榴弹炮。

夜间，解放军从东北、东面、西面三个方向发起了进攻，与敌人交火。战士们不畏牺牲，勇敢地与敌人展开了激烈的搏杀。一名战士十分英勇，挥动着长长的刺刀，接连刺死了五个敌人。敌人拥有榴弹炮等重武器，火力十分猛烈，给我方造成了不小的伤亡。战士们并没有后退，反而更加英勇，把敌人挤到了一个狭小的空间，然后将其一举歼灭了。

第二天，解放军再一次发动进攻，从南北两个方向夹击敌人。敌人早有准备，并再次动用了榴弹炮，在我军向前推进的过程中，敌人猛烈的炮火增加了我军人员的伤亡。敌人负隅顽抗，双方一度僵持不下，在此情况下，解放军继续调动和增加兵力，英勇战斗，最终俘虏了敌人五千多人。

鄄城战役胜利后，解放军战士清点了缴获的战利品，其中有八门美式榴弹炮，这是晋冀鲁豫野战军第一次缴获这种型号的重武器。在夺取榴弹炮的过程时，发生了一个小插曲。敌人仓皇逃跑时，有人干脆把榴弹炮推入了河中，有几门榴弹炮深陷泥泞的河道之中。为了将其拖拽出来，解放军十八团参谋长孙济云和十六团副团长张履亭带领许多解放军战士，不顾寒冷，跳入了冰凉的河水中，战士们冷得直打哆嗦，嘴唇也变得乌青发紫。他们费了九牛二虎之力，才将美式榴弹炮从河中拖拽出来。

有一个解放军战士自编了一首打油诗，诗中写道："收下'礼炮'得还礼，狠狠打击狗豺狼。军民团结一条心，必将战胜蒋匪军。"解放军打了一场胜仗，缴获了敌人的榴弹炮。这个消息一经传出，村民们都来观看缴获的榴弹炮，胆子大的人还走到榴弹炮旁边，用手轻轻地抚摸，夸奖它"是个好东西"，还有人赞扬"解放军战士真英勇"。国民党军队虽然装配了先进的武器，但他们最终还是惨败。解放军缴获榴弹炮意义十分重大，不仅起到了鼓舞我军士气的作用，而且壮大了解放军的炮兵力量。不久之后，晋冀鲁豫军区将缴获的八门美式榴弹炮装备到了炮兵团，炮兵团改称为"榴弹炮团"，下辖两个炮队。

2. 刘邓大军巧渡黄河

1947年，为了夺取全国解放战争的胜利，中共中央决定派遣刘邓大军渡过黄河，实现从战略防御向战略决战的转变。

刘伯承、邓小平收到中央的指示后，积极进行战略部署，下定决心要一举突破蒋介石宣称的"黄河天险"。为了顺利渡河，刘伯承、邓小平决定采用巧妙战术，声东击西。他们命令太行、冀南军区部队在豫北一带先拖住国民党军队，又让豫皖苏军区的部队在开封以南发起佯攻，迷惑敌人。与此同时，刘伯承、邓小平率真正的主力部队悄悄向黄河岸边进发。

为了避免敌人发现我军的真正意图，刘邓大军将军队的指挥部隐藏在了一个农户家中。指挥部所在的三间房子十分简陋，是用泥土砌成的，上面没有瓦片，铺盖的全是茅草。没有风的时候还好，一刮起风来，茅草就被掀到一边。中间的大屋子内有几张桌子，桌子和墙壁上铺满了作战地图。当时的物质条件非常艰苦，刘伯承、邓小平每天对着地图仔细研究，然后认真分析在哪里集结军队，在哪里渡河，以怎样的方式渡河。中午他们也不休息，继续修改和完善我军的渡河方案。

夜深了，渡河的船只、麻绳已全部准备好，只听刘伯承、邓小平一声令下，大军开始悄悄渡河。解放军战士纷纷跳上小木船，开始向黄河的南岸进军。乘坐小船的刘伯承、邓小平警惕地观察着周围的情况，不放过任何风吹草动。突然，天空中飞来了一架敌人的侦察机，并且投下了几颗照明弹，刹那间，点亮了黑暗的天空。难道敌人发现了我军的渡河行动？解放军战士的心绷紧了，他们准备立即投入战斗。敌人的侦察机转了一个圈，然后就飞走了。邓小平笑着对刘伯承说："敌人怕我们渡河太寂寞，专门点亮了几盏'天灯'。等敌人的轰炸机来了，我军渡河已经结束了！"刘伯承也笑着说："是啊，我们要感谢他们，竟然以这样的方式为我们送行。"刘伯承和邓小平从容不迫、临危不乱的气度，使战士们紧张的心情放松了下来。经过一天两夜，解放军成功渡过了黄河，突破了蒋介石号称的"黄河天险"。

美国驻华大使司徒雷登听闻十分惊讶，认为刘邓指挥的军事行动"简直就是一个神话"，"'黄河天险'不亚于法国的'马其诺防线'"。周恩来得知刘邓大军巧渡黄河后，平静地说："我们已经越过了蒋介石的铁线网，打进他的内壕了。"

3. 支前模范村后营村

1947 年 7 月，郓城之战取得了胜利，为谋划新的作战计划，刘邓大军把指挥部设在了后营村。后营村位于郓城县东南八公里处，这个村庄的命名很特别。相传朱元璋的儿子鲁王曾在此设立了兵马司，设置了两座兵营，前者为前营，后者为后营，这就是村子名字的来历。

一个名叫李月飞的老人，深情回忆起了自己当年的切身经历。刘邓大军未到之前，国民党驻兵在此，他们无恶不作，勾结当地恶人欺压善良民众，当地民众对其恨之入骨。她也十分痛恨这些人，心想："总有一天，要跟他们算算旧账。"一次偶然的机会，她与我党一名地下交通员相识，在他的鼓励下，李月飞悄悄地参加了革命工作。平日里，她到卷烟厂做学徒工，暗地里，她又是一名地下交通员。

听说解放军要来了，后营村的群众兴高采烈，敲锣打鼓地欢迎解放军的到来。刘邓大军到达后，驻扎在了后营村附近。为了不打扰民众，刘伯承和邓小平选择住在村西南不远处的寺庙里，这个寺庙叫"三官庙"。一个村民曾在庙附近看见一高一矮两位解放军干部在讨论问题。后来，村民们一致推断，这二人就是刘伯承和邓小平。解放军白天打仗，晚上开会，一有空闲时间，就帮群众干各种杂活和累活，解决各种困难。有的战士受伤严重，壮烈牺牲，就葬在了"三官庙"附近。几十年来，后营村村民都会在清明节时祭扫烈士的墓地。当刘邓大军离开时，后营村的年轻人纷纷要求参军，跟随部队去打仗。

她还回忆说，人民的军队人民爱。那时的后营村有一百多户人家，居住着四百多人。她在很小的年纪就学会了骑马。当时因为是党员，又经过前期的锻炼，有能力协助解放军，她便担负起了守护军用物资的任务。组织上给她配备了两把手枪，人们称她为"双枪女"。为了保障解放军战士的生活需求，后营村村民想方设法为解放军筹集各种物资，当时的村文书张全相动员村民，一共筹集了900斤小米、50双军鞋、40双袜子，他亲自带人送到了前线。在轰轰烈烈的支前运动中，后营村村民自制担架，救治受伤的战士。农会会长张全林带领着青壮年前去支前，大伙儿赶着自己家的耕牛，推着自己家的架子车，踊跃上前线。一个名叫李四钦的队员，脚掌上磨出了许多血泡，因没有及时治疗，后来出现了严重的细菌感染，只好截掉了一个脚趾头。当别人问他："这样做后悔吗？"李四钦却说："一点儿也不后悔。这点儿伤算什么。没有共产党的领导，没有浴血奋战，就没有今天的幸福生活。"

后营村青年男子纷纷跟随解放军上前线，既流血又流汗。时至今日，"双枪女"李月飞在鲁西南战役中拥军支前的故事依然在流传。后营村是人民群众积极支援前线的一个缩影，也是鲁西南战役中涌现出的有名的支前"模范村"。

（三）不屈不挠

1. 泺口喋血

1933年，在济南泺口壮烈牺牲的九位烈士都是共产党员，他们担任着重要职务。李春亭、李伟仁是全国总工会特派员，孙善师、孙善帅是共青团山东特委代理书记，唐东华是中共徐海蚌特委鲁南特派员，张福林是共青团青岛市委书记，王常怡、段亦民是中共益都县委书记，郑心亭是益都暴动总指挥，

泺口九烈士雕塑（天桥区黄河河务局供图）

后人尊称他们为"泺口九烈士"。年龄最大的是段亦民，当时三十三岁。年龄最小的是孙善帅和张福林，当时年仅二十三岁。

1927年，以蒋介石为首的国民党反动派发动了反革命政变，国民党当局开始在山东地区大肆抓捕共产党人，党组织接二连三地遭到破坏，惨案频频发生，白色恐怖一时笼罩了齐鲁大地。这一期间，李春亭等人在山东地区与敌人展开了英勇的较量，后来九人相继被捕。在狱中，他们受尽折磨，宁死不屈，始终严守党的秘密，保持了共产党人的浩然正气。

李春亭，原名祖茂林，出生于安徽宣城的一户竹工家庭。他敏而好学，读私塾时就善于思考，曾提出"人世间为什么会有贫贱富贵？"这样的问题。后来，李春亭又考入了安徽省立五中，读到了《新青年》《每周评论》等进步刊物，思想上受到了激励。他仰慕东晋名将祖逖，故而改名为"祖晨"，以明己志。山东党组织遭到严重破坏时，党中央派他到济南恢复党组织的活动。鉴于当时形势异常凶险、任务十分艰巨，他化名"李春亭"，英勇赴鲁。他是一个播撒火种的革命者，始终活跃在斗争第一线，一次又一次地出生入死。1932年，因叛徒出卖，他在青岛海泊桥水场被伪军侦缉队逮捕。

在狱中，面对敌人高官厚禄的利诱，他毫不动心；面对严刑拷打和威吓，他毫不动摇。他同敌人展开多种形式的斗争，以钢铁般的意志、不屈不挠的斗争精神，与敌人进行较量。李春亭想方设法避开敌人的监视，鼓励被捕的同志坚定信仰，悄悄教给大家与敌人斗争的策略和方法。他机智地识破了敌人混入牢房、企图打探党组织的阴谋。

九位烈士中有一对同胞兄弟——孙善师和孙善帅。他们出生于山东临沂义堂乡桥西村，兄弟二人互相勉励，先后走上了革命的道路，都在各自岗位上忘我地工作，二人不幸相继被捕。孙善师被捕后，国民党头目韩复榘、张苇村亲自提审他。敌人挖空心思，软硬兼施，企图迫使他变节投降，但终究是白日做梦。

郑心亭在狱中写了三封家书，每封家书中都一再表明心志："誓为革命而死，决不为活命而偷生，希望家中不要挂念。"叔父到济南探望他，仅收到他用铅笔书写的一张纸条："叔父，不要再来济南奔波了，侄儿将要为党捐躯。"他视死如归，豪情万丈。叔父捧着这张纸条，泣不成声。

亲人回忆起段亦民被捕期间的一次探监的经历。1933年临近春节的一天，北风呼啸，天寒地冻，一片萧瑟和凄凉，济南普利门外监狱大门外聚集着一群人。他那天去探监，亲眼看到，原本魁梧的段亦民骨瘦如柴，胡须浓密，头发杂乱，他带着沉重的手铐和脚镣，一条腿血肉模糊，和他穿的棉裤黏在了一起，好像变了一个人，只有那坚毅的眼神始终没有变。亲人禁不住伤心落泪，段亦民安慰道："我是一名共产党员，干的是光明正大的事，又不是什么土匪，没给老段家丢人。"亲人一句话也说不出口，用力地点了点头。

恶劣的环境，严酷的斗争，使李春亭患上了严重的肺病，他身体很虚弱，却依然忘我地工作，时刻关心同志们的安危，嘱咐大家提高警惕，注意自身安全。1933 年 8 月 18 日，李春亭被敌人押往刑场，临行前向战友们道别说："同志们，没有关系，革命的细胞是新陈代谢的，好好干下去吧！"然后他头也不回地奔赴刑场。孙善帅心情很是平静，坚毅从容地从身上脱下了一件衬衣，送给一位战友作为纪念，他在最后一刻也不忘鼓励大伙儿坚持斗争。九位英雄昂首阔步地走向刑场。在寂静的泺口刑场上，九人站成一排，高呼着口号，唱起了《国际歌》……

2. 誓死不渡黄河南

1937 年，日本侵略者长驱直入，山东危在旦夕。国民党山东省主席韩复榘下令让第六区行政督察专员兼保安司令范筑先撤退到黄河以南待命。10 月 17 日，范筑先率部队八百多人离开聊城，来到了黄河北岸渡口。他的心中隐隐有一种说不出的痛苦，既有来自上级命令的压力，又有无法面对父老乡亲的惭愧。他十分清楚韩复榘的根本用意：保存自己的实力。面对日军凌厉的攻势，韩复榘既不投降，也不抵抗，而是选择弃地而逃，一心只想保存实力。

范筑先拿不定主意，随即在渡口召开了会议，重点研究部队何去何从。有人提议，遵从韩复榘的命令，撤退到黄河之南，保存实力；有人主张，暂驻渡口，观察敌我双方的形势，再做下一步决定。共产党员姚第鸿劝说范筑先，一定要拒绝韩复榘南撤的命令，留在鲁西北，发动群众，壮大力量，坚持敌后游击抗战。范筑先深锁眉头，远望无边无际的黄河水。他心中既有愤怒，又有忧愁。他愤怒的是逃到黄河南岸的顶头上司韩复榘，不顾老百姓的死活；忧愁的是返回聊城意味着孤军抗战，而自己的部下有可能一去不复返。

这时，一位副官轻轻走到他身边，对他说："韩主席让您给他回电话。"电话接通之后，范筑先毅然决然地说："韩主席，恕筑先难以从命！我已决定，誓死不渡黄河南！"韩复榘劝告范筑先道："筑先，你马上带人过黄河，我们是根本抵挡不住日本人的，这是为了你好，再不撤退就来不及了……"范筑先不等韩复榘把话说完，就挂断了电话，不再理会这件事。

范筑先对部下高声说："大敌当前，守土有责，不抵抗就撤走，有何颜面面对全国的父老乡亲？我范筑先已经下定决心，留在黄河以北继续抗战，愿追随我的人请留下，不愿跟从者，请渡河南往，在下决不阻拦。" 随后，范筑先公开向全国发表通电，他说："守土有责，裂眦北视，决不南渡。誓率我游击健儿和武装民众，与倭奴相周旋。成败利钝，在所不记，鞠躬尽瘁，亦所不辞。"他的这一公开表态，当时震惊了全国军民，激发了广大民众的抗战热情。为了宣传抗日救国运动，他还发行了《抗战日报》《战地新闻》等刊物。他冒着风险，亲自前去说服匪首韩春河与国民党溃兵首领齐子修，最终收编了国民党溃兵齐子修部和冠县土匪韩春河部，将他们一同聚集在抗日的旗帜下。后来日军进攻聊城，范筑先被困在城内，寡不敌众。1938年11月15日，范筑先受伤很严重，不甘心被日本人俘虏受辱，在开枪射杀了几名日本鬼子后，饮弹自杀。

范筑先，原名金标，又名夺魁，字竹仙，馆陶人。他战死的消息传来后，国共双方都深深为之惋惜。蒋介石的挽联是："碧血为山河，百里危城留与社会树模范；浩气存天地，千秋青史合为民族表英雄。"朱德的挽联是："战事方酣，忍看多士丧之，唯其忠勇；吾辈尚存，誓必长期抗战，还我河山。"1988年，国家专门拨款修建了"范筑先纪念馆"，邓小平亲自题词。刘白羽在报告文学《记范筑先将军》中赞颂他是"鲁西北的太阳、鲁西北的父亲"。

3. 姊妹团团长甘云卿

甘云卿（1929—1947），山东临淄县田旺村人。抗战胜利后，甘云卿被大伙推举为田旺村姊妹团团长。国民党军队进攻山东解放区时，她带领姊妹团成员刻苦排练戏剧《送郎参军》，受到了军区领导的表扬，被评为"支前模范姊妹团"，甘云卿赢得了"斗争闯将，支前模范"的光荣称号。

不久，甘云卿被任命为七区工作分队二组组长。有一天，刚下过小雨，天黑路滑，而她正走在回驻地的途中。当甘云卿快步走到东申村时，突然听到有人啪唧一下摔倒的声音。她机警地隐蔽起来，发现原来是王家庄的恶霸地主正要逃跑。这个恶霸地主万万没有料到，黑天半夜会遇到甘云卿。一支手枪冷冰冰地顶住了他的脑袋，甘云卿大喊一声："不许动，小心手枪走火！"恶霸地主吓得魂飞天外，赶快说："好汉饶命，好汉饶命。"

过了一会儿，恶霸地主冷静了下来，发现自己面对的竟是一个年轻女子，而且是一个人。于是他胆子大起来，突然飞身一跃，像恶狗一样向甘云卿扑了过来。甘云卿早有防备，闪身一躲，向后一退，恶霸地主摔了一个"嘴啃泥"。甘云卿再次用枪指着恶霸地主的脑袋，说："你敢再动一下，我就要开枪了！"恶霸地主自知斗不过甘云卿了，只好乖乖地跪在地上求饶。恶霸地主心里知道反抗不行，于是苦苦哀求甘云卿放他走，自己愿意给她金条。甘云卿斥责恶霸地主道："谁稀罕你的臭钱！"恶霸地主最终被甘云卿押回了王家庄，经公开审判后，被枪决了。

1947 年，国民党军队卷土重来。甘云卿主动留下来做情报工作，她不顾个人安危，经常通过化装打入敌军驻地，散发传单，向顽固分子传递警告信，从心理上打击敌人。上级指示甘云卿摸清王家庄一带敌军的火力情况。她接到任务之后，将自己打扮成一个回娘家的媳妇，来到了王家庄。敌人防守严密，盘查行人。甘云卿异常镇定，慢慢向前走去。万万没有料到，她被王家庄的地主发现了，他对甘云卿恨之入骨，于是秘密报告给了敌人。敌人一听是甘云卿，大喜过望，这是一条大鱼，他们想把甘云卿的接头者一并拿住。

甘云卿凭借直觉，敏锐地发现自己被敌人跟踪了。她首先考虑的不是自己的安危，而是接头战友的人身安全。她来到了集市，靠近了接头地点，但她担心接头的战友前来会面会被捕。她下定决心，宁肯牺牲自己，也要保全同志！当时接头的战友一点儿也没察觉出敌人的虎视眈眈，他朝甘云卿的方向走来。甘云卿转头狠狠打了身后跟踪的特务一个耳光，高声叫喊道："你这个坏家伙，为什么要跟踪我？"前来接头的战友看到此情此景，意识到了危险，可是又不愿离去。甘云卿使了一个眼色，摇摇头，示意他赶快撤离。她的战友怀着悲痛的心情快速离开，而甘云卿不幸被捕。

后来，甘云卿被敌人押送到了孙娄区公所，伪区长石之泉命令手下人给她松了绑绳。甘云卿昂首挺立，流露出蔑视的眼神，用手轻轻拢了拢凌乱的头发。石之泉开始审讯她，恶狠狠地威胁她道："识时务者为俊杰，如果你拒绝说出组织的情况，就会被处以死刑。"甘云卿一言不发，不为所动。石之泉一计不成又生一计，不再威胁，而是想收买她。他说："你要是如实说了，不但可以无罪释放，而且还有重重嘉奖。"甘云卿依然一言不发。石之泉又开始打"亲情牌"，对她说："百善孝为先，你若被判了死刑，你的父亲由谁来照顾？你想过没有？"甘云卿咬紧牙关，就是一个字也不说。

敌人一看甘云卿软硬不吃，气急败坏。石之泉的一个手下目露凶光，恶狠狠地向她叫嚣道："你知道这是什么地方吗？"甘云卿应声回答道："这是狼窝！"那个人继续吼道："你就算是一块石头，我们也有办法让你开口。"甘云卿继续反击敌人道："做美梦去吧，休想从我口中得到你们想要的一个字！"敌人无计可施，就把她吊起来，用皮鞭使劲抽打，又用锋利的匕首划破她的皮肤，导致鲜血淋漓。她遭受了各种酷刑，数次昏死了过去。苏醒之后，甘云卿怒视着凶恶的敌人，就是一言不发。保安旅旅长徐振中亲自前来审讯，用尽了所有的招数，依然一无所获，最终无计可施，下令处死甘云卿。

1947 年 10 月 22 日，刑场上的甘云卿昂首挺立，大义凛然，威武不屈，高呼着"打倒国民党反动派！""中国共产党万岁！"等口号。枪声过后，甘云卿壮烈牺牲。为赞扬甘云卿的大无畏精神，后人创作了一首诗歌："深入敌后传情报，掩护战友陷狼窝。视死如归震敌胆，英名千古气冲天。"

4. 泰安女英雄江衍红

江衍红，山东泰安黄家庄人。她的丈夫名叫乔荐秋，排行老四，所以也有人称江衍红为"乔四太太"。抗战时期，她是八路军的一名秘密交通员。

泰安双龙池有个大户人家赵家，江衍红就租住在赵家的南屋，两家因此而成为邻居。1937 年，赵家住进了一个伪军司令和他的姨太太，还有参谋长和副官。江衍红为了和高官的姨太太交往，进行伪军的瓦解工作，请求赵家主人出面，让江衍红的表侄王绍勇迁到小北屋居住，而把条件较好的南屋让给伪军居住。她因此得到了伪军司令和姨太太的好感，从而使隐藏在赵家的八路军秘密工作人员，增加了新的情报来源。

有一天，特务突然闯进赵家搜查，王绍勇正好不在，伪军司令在后面起了掩护作用，江衍红早已通过赵司令的副官将王绍勇的铺盖悄悄地带到了自己家。特务查抄了一番，然后离开了。有一个特务偷偷透露说是来抓捕王绍勇的，要赵家想方设法告诉王绍勇，别再到城里来了。赵家人赶快告诉了江衍红，江衍红害怕王绍勇遭受日本人的毒手，急匆匆地前去通风报信。为了不牵连赵家，江衍红后来很少与赵家来往。后来赵家人得知，江衍红和王绍勇虽以亲戚相称，可是二人并不是真正的亲戚，而是八路军的秘密工作人员，他们以此来掩人耳目。

江衍红善于瓦解敌军，她留意到一个伪军班长人很朴实。当她得知这个班长是被抓来当伪军的时，利用一个单独接触的有利时机，对他进行了"自己人不打自己人"的思想教育。后来，这个伪军觉悟了，经常把敌伪军换防、武器配备的情况悄悄告诉江衍红，江衍红把这些情报再转送给八路军。不久之后，这个伪军班长在一次战斗中，带领士兵向八路军投诚了。

1948 年，我军取得了节节胜利，泰安的敌人陷于我军的包围圈。江衍红接到指示，要把一份重要情报送到城里。她打扮成一名走亲戚的媳妇，出色地完成了任务。但在返回途中被李森林发现了，李森林是地主恶霸李庆松的儿子，手上沾满了革命者的鲜血。他恶狠狠地对江衍红说："你还认识我吗？"江衍红平静地说："扒了皮也认识你，要不是你成了还乡团头子，和你老子李庆松一样，早被人民法办了！"江衍红威武不屈，李森林狠狠一拳打在了她的脸上，鲜血一下子从江衍红的嘴角流了下来。

江衍红随后遭到了严刑拷打，李森林威胁她道："不说，就别想活着回去！"他命令手下将江衍红的上衣撕掉，以此来羞辱她。江衍红咒骂敌人道："你们这些卑鄙无耻的畜生！"她用尽全身力气朝墙上撞去。她苏醒之后，李森林暴跳如雷，下了毒手，残忍地割去了江衍红的乳房，江衍红又一次倒在了血泊之中。她怒视敌人，大声痛骂道："你们这群败类！杀死我一个人，却杀不完革命者！你们的好日子到头了！解放军很快会打回来，你们绝不会有好下场！"

1948年5月13日，穷凶极恶的李森林对江衍红下了毒手，他指挥手下，用刺刀刺穿了江衍红的腿部、腹部和心脏。江衍红对解放事业和革命事业忠贞不渝，牺牲得十分壮烈。

五

踔厉奋发　砥砺前进

新中国成立后，胜利油田走过了光辉的发展历程，从"华八井"到"海外天团"，一路艰辛探索，反映出了胜利油田的广大创业者不屈不挠、敢为人先的开拓进取精神。获得解放的黄河儿女，架桥梁，通道路，造汽车，在交通运输方面谱写了壮丽华章。新时代，山东黄河儿女正以大格局、大视野、大气魄深入推进沿黄地区的科技发展。不论是量子卫星"济南一号"的发射，还是"神威·蓝光Ⅱ"超级计算机的问世，山东黄河儿女皆以无与伦比的智慧和才情，勇立世界科技的巅峰。

（一）胜利油田创业

1. 胜利油田勘探大会战

1964年1月25日，中共中央批准了《关于组织华北石油勘探会战的报告》。2月，石油领域的精兵强将召开了誓师大会，动员各地石油工人开赴东营，开展石油大会战。6月，会战指挥部正式成立，康世恩担任胜利油田会战的总指挥。为了配合大会战，石油部从大庆、新疆、四川、玉门、青海、银川等地陆续调来了勘探队、钻井队。胜利油田指挥部在张店专门设立了接待站，迎接前来的工作人员。成千上万的石油工人，从天南海北来到东营。采油区竖起了一座座高耸的井架。夜晚灯光点点，胜似繁星。

老石油工人王廷海回忆起当年大会战的情景，仍感慨不已。那时的黄河口，白茫茫的一片，到处都是盐碱地。没有好的地方居住，就住在老乡的牛棚和羊圈里。当时供应的粮食主要是地瓜面，十分粗糙，不像新鲜的地瓜又香又甜。采油工人早上喝地瓜面糊糊，中午和晚上就吃地瓜面做成的窝窝头，窝窝头的颜色还是深黑色的。蔬菜极其缺乏，只有白菜和萝卜。如果能吃上萝卜，也算是改善伙食了。当时水质也不好，许多工人喝了苦涩的井水，还会拉肚子。取暖的条件十分简陋，都是就地取材，工人们将喷射到地面上的油块小心翼翼地收集起来，堆砌一个简陋的土灶，安上一个抽烟筒，然后焚烧油块取暖。全屋飘起浓浓的黑烟，床头上的蚊帐都被熏黑了。

1964年5月，会战总指挥部集中力量组织坨庄—胜利村勘探大会战，石油工业部部长余秋里亲自坐镇东营指挥，仅用了九个月的时间，就探明了山东境内的第一个大油田——胜坨油田。1965年2月18日，一个令人振奋的消息传来，"坨11井"开采石油获得了成功，日产原油1134吨。当时，这是全国最高的日产量。"坨11井"位于东营市垦利县胜利村东4.3公里处，是由石油工业部华北石油勘探处32120钻井队钻探的，从11月14日开钻到12月29日钻成，共用了45天的时间，井深2480米。工委副书记张文彬在大会上神情激昂地宣布："我们在胜利村打出了我国第一口千吨油井,我们在这里站住了脚,为了纪念油气勘探的这一重大成果,这里就叫'胜利油田'!"

得此喜讯,整个胜利油田的工作人员欢腾跳跃。为了奖励广大的采油职工,会战总指挥康世恩决定嘉奖每个职工半斤红烧肉,当时这算是十分奢侈的物质奖励了。在那个物资极度匮乏的年代,工人们能吃上可口的红烧肉,简直就是人生中最幸福的事情了。到1966年,先后探明了胜坨、东辛、永安、滨南、现河庄、郝家、纯化等油气田,累计原油产量134万吨,增含油面积115平方千米。

回首五十多年前,黄河三角洲开展了一场声势浩大的石油勘探大会战,留下了"有条件要上,没有条件创造条件也要上"的铮铮誓言。在那个激情燃烧的岁月,胜利油田的干部和工人们,面对艰苦的工作条件,以拼命的精神,为我国甩掉了"贫油"的帽子,做出了特殊贡献,谱写了采油史上一首不朽的史诗。

2. 开采"华八井"

在黄河三角洲东营市东营区东营村的东南方,矗立着一座圆座方台的纪念碑,纪念碑的正面镌刻着康世恩部长的题字——"华北油区第一口发现井"。六十多年以前,就在这座纪念碑的附近,32120钻井队钻出了华北地区的第一口油井。从此之后,"华八井"便载入了胜利油田的光辉史册。

事情还得从1955年说起。华北石油勘探队在河北明化开采了"华一井"，在河南开封开采了"华二井"，在山东冠县开采了"华三井"，在山东堂邑开采了"华四井"，在河南邸阁开采了"华五井"，在山东临清开采了"华六井"，还在山东商河开采了"华七井"。勘探队一共花费了五年多的时间，从河北到河南，又从河南到山东，反反复复，来来回回，也没有开采出一滴石油，一时间"华北无油论"甚嚣尘上。

地质部、石油部的领导和专家后来决定开采"华八井"，井位设在东营村以东三里处。32120钻井队在开采"华七井"无果之后，直奔东营村而来。当时，人们称此地是山东的"北大荒"，东营村就在这片大荒洼里，称得上是"荒中之荒"。据开采"华八井"的亲历者顾心怿本人回忆，1961年2月，他和其他开采者一起来到了东营村，那时的生活条件是极其艰苦的。眼前看到的是茫茫荒野，既没有公路，也没有砖瓦房。吃的是地瓜干，喝的是土坑里的积水，住的是漏雨的土房子和帐篷、地窖……钻井队队员与当地民众生活在一起，克服了种种困难，尤其是粮食供应极其紧张，他们不时地与饥饿做斗争。

在竖立勘探井架前，队长李仲田给钻井队队员做动员工作，他慷慨激昂地说："今天我们改善伙食，一人加一碗面条，吃了不能白吃，要使出双倍的力气，打起精神来，务必把井架竖起来，这是今天必须完成的任务。"当井架竖到一半时，队员们就再也没有力气摇动绞车了。大伙儿的肚子开始咕咕叫，个个有气无力。恰好这时一个老乡背着半筐胡萝卜路过这里。他看到此情此景，毫不犹豫地给钻井队队员们拿出许多胡萝卜来，让他们赶快吃了好好干活。队员们喜出望外，拿起胡萝卜，随便往自己的衣服上擦一擦泥土，就狼吞虎咽地吃了起来。很快大家有了力气，井架最后也就竖了起来。

东营村的民众第一次听到钻机的轰鸣声，都围过来观看，十里八乡的乡亲们闻讯也赶了过来。他们从未见过这么高的钻井架，也从未见过这么多的钻井队队员。大家议论纷纷，盼望着早一天看到报纸上所说的石油。有一天，东营村的父老乡亲觉得队员们生活很艰苦，于是他们悄悄凑钱买了一只羊，把羊肉炖好后送给了钻井队，大家热情高涨。当钻头打到1194米时，突然发现钻头上卡着一块油砂。队员们好像得到了宝贝一样，他们手捧着油砂，传来传去。功夫不负有心人，大家看到了希望。勘探队马上找来一个瓶子，把油砂放了进去，系上红绸子，连夜送往了驻地济南的华北石油勘探处。勘探处立刻又将油砂瓶送往了北京。当时的石油部部长余秋里，立即派专员亲临现场指挥。1961年4月16日，一股黑色的油柱从井眼中喷涌而出，开采"华八井"终于画上了一个圆满的句号。

从产油能力方面来看，"华八井"日产原油8.1吨，产量很有限，但意义非凡。开采"华八井"的成功，标志着胜利油田的大发现，宣告了"华北无油论"的彻底破产，从此揭开了黄河三角洲崭新的一页，"华八井"成为华北地区石油大会战的主战场。现代诗人流云在《华八井抒怀》一诗中，高度赞扬了开采"华八井"的伟大精神气概："油砂闪光泽，会战亮精神。高歌斗天地，打破无油论。黄河三角洲，从此起风云。热血化烈火，滚滚开乾坤。"后来，"华八井"纪念碑落成，见证着那段战天斗地、拼搏奉献的艰苦岁月。这种艰苦奋斗的精神指引着一代又一代石油人牢记"我为祖国献石油"的初心，为我国能源事业不断奉献自身的力量。

3. 井喷抢险

1983年4月29日零时三十分，胜利采油指挥部作业17队3班的四名工人正在永69-1井施工，突然井内冒气，液体外溢，他们果断采取了防喷措施——抢装防喷闸门。刚拧上一颗螺丝，气流骤然将闸门顶起，扭弯了螺丝，抢装防喷闸门的行动宣告失败。前后十几分钟的时间，"气老虎"大发神威，油气流裹挟着大量的泥砂从地下深处喷射而出，震耳欲聋。油井内的抽油杆好似离弦之箭，腾空而起，坐落在井口的大型抽油机随之沉入地下。几个小时后，井口周围塌陷，形成了一个直径达十几米的大坑，气流更加猛烈。毕国强第一次遇到这样的场景，深知其中危险重重，中毒窒息、火势烧伤、气流击中……都有可能使人失去生命。但他却没有丝毫犹豫，第一个在抢险报名表上签下了自己的名字，而且大声说："我是队长，又是党员，这个时候，我不上谁上！"

油田指挥部的同志紧急赶往现场查看险情，研究抢险方案，决定焊接平台，抢修井口。很快，三台大型吊车伸出长长的"手臂"，将一个长十八米、宽四米的钢铁平台吊起向井口推进。抢险队员开始与"气老虎"展开生死较量，数十名工人跳进齐腰深的泥浆里，死死地拉住平台，用力稳住，使平台向井口逐渐靠拢。毕国强率抢险人员冲进了齐腰深的泥浆中，他们立刻变成了一个个泥人。井口巨大的气浪把抢险平台顶撞得猛烈晃动，凶猛的泥砂铺天盖地地打到他们的身上，火辣辣地疼。队员们眼睛看不清楚，甚至难以呼吸，只能死死地抓住平台的围栏。

平台在强烈的液气冲击下，好似狂涛打击之下的一叶小船，在井口大幅度地颤动、倾斜。井内的天然气冲天而起，形成两股白色的烟柱，一旦有火星，顷刻之间就会变成两条巨大的火龙，他们每前进一步都需拼尽力气。闸门终于被大家齐心协力抬上了井口。闸门必须固定在井口，才能遏制住井内的油气喷发。在这险象环生的时刻，毕国强迅速冲上平台，无情的泥浪从头到脚把他浇了个透。气浪穿过他的工作服，打得他浑身疼痛。混浊的泥水落在脸上，他的视线模糊了。在浊浪之中，他清醒地记得自己肩负的重任。当闸门被推上底法兰盘的一瞬间，毕国强对准螺丝孔，迅速敏捷地装上了第一颗螺丝，为抢装大闸门立下了头功。随后，毕国强又和其他抢险队员一起把闸门牢牢地固定在了平台之上。当井口两旁的工作人员拉住抢险队队员背上的安全绳，把他们拽到上面时，毕国强再也支撑不住了，晕倒在地。经过抢险队队员们的一次次殊死较量，永69-1井喷事故最终化险为夷。

当时目睹了抢险场面的人员，有的眼睛湿润了，有的喉咙哽咽了。毕国强的妻子刘美英讲述了事情的后续，当天晚上9点多钟，他们回来了，一共十个人，每个人都穿着一个短裤，脸上和身上糊满了油和泥巴，连谁是谁都认不出来，只得用汽油洗了一个澡。油泥总算是洗掉了，可是三天以后，他们身上都脱了一层皮。刘美英对采访的记者说道："毕国强这个人啊，从来不知道照顾自己，常说趁年轻力壮，多干点儿没什么，还有什么'活着干，死了算'。"言语之中，既心疼又敬佩。

毕国强为了不使国家油气遭受更大的损失，率领抢险队员冒着随时葬身泥浪的危险，谱写了一曲战井喷的气壮山河的凯歌。

4. 人工围海造陆

20世纪，在黄河与浅海交汇的孤岛东部发现了一个储存有上亿吨石油的油层，命名为"孤东油田"。孤东油田的位置不太好，地处黄河入海口，经常有海水漫延过来，导致土壤含水量大，河防条件薄弱，经常面临洪水的威胁。大家十分焦虑，眼看着地下丰富的石油资源却不能开采，这可怎么办？

康世恩担任过许多重要职务，曾任玉门油矿军事总代表、石油工业部部长助理、石油工业部副部长兼大庆石油会战总指挥、石油化学工业部部长。他在孤东油田的开发上起了引领作用。为了开发这一油田，康世恩苦苦思索了三天三夜，忽然脑海中冒出了一个大胆的想法——人工围海造陆。他分析认为，人工围海造陆既要做到安全，又要选好位置，最好在油层的核心位置，而且要能防住海潮。

康世恩向上级汇报了人工围海造陆的构想，后经国务院批准，石油部工作人员迅速投入人工围海造陆的设计工作中。经过详细而周密的规划，设计分为两大部分：一部分是防御海潮、风暴潮；另一部分是防止河水遭遇海潮顶托或泥沙阻塞蔓延孤东。有了顶层的设计规划，接下来就是实地考察。受制于当时的物质条件，这项工作十分辛苦。工作人员没有好的伙食，只能吃冷馒头，喝咸苦的生水，可是他们谁也没有抱怨。物质上的条件还能忍忍，可环境条件更是糟糕，孤东地区环境潮湿，滋生了大量的蚊虫，职工们常常是干完一天的工作后，身上、脸上都是被虫子叮咬出的印记，疼痒难耐，血色斑斑。纵然困难重重，他们还是出色地完成了任务。

有了实地测量的数据，工作很快就展开了，首先是成立了指挥部。七十多岁的康世恩身体的原因，没有亲临第一线担任总指挥，孤东围海造陆工程由东营市常务副市长李启万担任总指挥。与此同时，当地还组织了上万人的施工大队。1986年3月21日，开发孤东油田大会战拉开了序幕。数万名工人浩浩荡荡地来到工地，大家积极投身于工程建设，争先恐后地参加劳动，经过三十多个昼夜的奋战，终于完成了合拢封闭。整个工程并不是一帆风顺，四月份出现了漏水的情况；四月中旬，又遭受了大风暴和潮水的袭击，围堰受到了巨大的破坏，为了度过危机，大量工人又投入一线抢险工作中。

康世恩年岁已高，但自始至终关注着这一工程的进展。人工围海造陆工程完成后，他非常喜悦，但依然对孤东油田的安全放心不下，特别指出："人工围海造陆要全面防砂和防注水，不能有半点儿含糊。"收到康世恩的指示后，工作人员采取了全面防砂措施，加强了转注水井的建设，控制好了油层出砂的问题。这些工作的进一步推进，提高了孤东油田的石油产量，保证了稳产。孤东油田的开发，离不开康世恩的大胆构想和幕后指挥，离不开那些人工围海造陆的工作人员，正是他们不懈的努力，保证了孤东油田的安全生产。

5. 一家三代石油人

2017年7月，二十三岁的张福君入职胜利油田采油厂，成为研究所的一名技术员。他家三代都是"石油人"，人送外号"油三代"。

他的爷爷张德利，当年是试采队的一名车工。采油工作分工精细，不同作业有不同的规定。车工尤其讲究工作细致，必须严格按照图纸的要求来，一丝一毫也错不得，否则会出大问题。张德利头脑清醒，对工作一点儿也不含糊，兢兢业业，总是以最高的标准要求自己。奶奶高秀莲对张德利的工作态度印象深刻，她说："车床工作十分严格，他总是很忙，也很用心。"

他的奶奶高秀莲，从事电气焊接工作。当时工作条件极差，满眼望去，一片荒凉。吃水都困难，要去水库挑水吃。机械化程度低，几乎全靠人工。她不怕苦，也不嫌累，一干就是十几年。有一天，下午四点多，她突然接到一个通知，需要去钻井队抢修损坏的管道。她没有任何的犹豫，立即和队友们拉着一根长长的管子，赶到了焊接地点。焊工的工作也是精细活儿，焊工必须有责任心。焊接工作一直持续到半夜十二点多才完成，十分辛苦，可是她没有丝毫的抱怨，还情不自禁地唱起了《我为祖国献石油》这首歌："我当个石油工人多荣耀，头戴铝盔走天涯。身披天山鹅毛雪，面迎戈壁大风沙。嘉陵江边迎朝阳，昆仑山下送晚霞，天不怕地不怕，风雪雷电任随它，我为祖国献石油，哪里有石油哪里就是我的家！"那个年代的"三老四严"精神，早已融入她们的骨子里。

他的父亲张波，1983年参加工作，对机械很感兴趣，受到家人鼓励，后来学了机械专业。张波娴熟地掌握了操作技术，担任了采油队副队长。工作不到一年，他就遇上了井喷事件。当时，他和工人们听到消息后，立马赶了过去。井喷十分凶险，当时党员干部冲在最前面，一个梯队接着一个梯队上去安装闸门。抢险队员们密切配合，艰苦奋战，成功处置了此次井喷事件。张波虽已工作近四十年，但他依然保持着高度的工作热情。他对儿子张福君寄予美好希望，也对他严格要求。张福君学历高，父亲希望他能继承老石油人的优良传统，积极创新，为石油事业做出更大的贡献。

张福君没有辜负父亲的期望，进步很快，在参加工作的第二年，就担任了采油队副队长。张福君十分年轻，采油队的那些资历老的工作人员瞧不上他，说他只有理论知识，缺乏实践经验，不该重用他。张福君心中明白，自己必须有过硬的本领，不然会让人瞧不起。张福君没有去找那些说风凉话的人理论，而是继续刻苦钻研各项技术，不断向同事虚心请教。张福君深入第一线，亲自给抽油机更换皮带。这种活儿既脏又累，张福君却一点儿也不怕。张福君努力工作和甘于奉献的精神，令队友们十分钦佩。无论年长者，还是年轻者，大家最终认可并接受了张福君，赞扬他年轻有为，值得信赖。有一次，张福君因值班错过了吃晚饭，一个老师傅把自己的饭菜分了一半给他，并亲口对张福君说，原以为他是一个纨绔子弟，没想到张福君既能吃苦，又能把活儿干得漂亮。眼中这个所谓的"油三代"，本色一点儿也没有变。

张福君的爷爷、奶奶、爸爸，以及自己都与胜利油田结下了不解之缘，接续了一家三代人的"石油情缘"，他们亲眼见证了胜利油田发展壮大的辉煌历程。张福君一家三代的故事，是胜利油田发展历程中的一个小小缩影。

6. 胜利油田的"海外天团"

20世纪90年代初，胜利油田在做好本土开发的同时，大胆进军海外市场，进行了本土市场、国内市场、海外市场等三大市场的战略布局，开拓了中东、中亚、北非、美洲、东南亚等五大海外市场，开展了物探、钻井、测录井、井下作业、地面建设、油田综合服务等六大业务。分公司总经理孙焕泉总结说："海外市场的发展空间越来越大，这是我们坚持'走出去'的结果。"

胜利油田的"海外天团"创造了许多神奇的故事，"老外解雇老外"的故事就被大家津津乐道，传为佳话。在许多情况下，"海外天团"是由复合型人才组成的。他们既懂技术，又善管理；既精通外语，又熟悉电脑操作。例如，胜利油田下属的地质录井公司，专门培训组建了一个具有国际一流水准的团队。成员们都具有高学历，计算机操作水平一流，人人能用外语与外国人对话交流，可以独立处理外文资料。他们的业务水平很高，连外国人也赞不绝口。在沾东雪古1井项目合同签署时，美国雪佛龙公司对胜利油田"海外天团"的业务能力持怀疑态度，在协议中特意附加了一条不信任条款，不合情理地提出录井公司在深部阶段作业时，必须雇用四名法国高级数据工程师的要求。出乎美方意料的是，录井工作进展到三千米时，录井公司"海外天团"的员工以超一流的工作能力和贴心周到的服务，使雪佛龙公司方面的代表迈克先生大为佩服，他说录井公司居然有如此优秀的人才，真是令他们没有想到。他们苛刻的态度发生了很大的转变，认为根本不需要法国高级数据工程师。于是，迈克先生亲自出面进行交涉，先前决定雇用的四名法国高级数据工程师就这样被辞退了。

胜利油田的"海外天团"的勇士们善于克服各种困难，墨西哥项目部经理张勇就是一个典型代表。在2008年春节快要来临之际，张勇等人风尘仆仆地前往了墨西哥。刚一下飞机，就遇到了一个令他十分焦虑的问题。墨西哥方面居然不信守承诺，态度极其不友好，不同意胜利油田的相关部门在墨西哥施工。张勇事后回忆说，当时一听这件事，头就大了。设备已经到了，就这么回去，怎么向大家交代？张勇来不及休息，立即采取了应对措施，召集大家仔细研讨，找出问题的症结所在。项目部通过制作精美的PPT推介我方优势，还召开了中墨双方友情联谊会，经过持续不断的努力沟通，最终取得了墨西哥方面的信任，使其签发了作业许可证。胜利油田的"海外天团"正式进军墨西哥的油田项目。

可是，后续的工作也并不是一帆风顺。墨西哥方面又提出了改装设备的系列要求，张勇回忆当时的情况说："墨西哥方面对工程设备要求非常严格，而我们的设备大多数不配套。比如，循环管的电路，我们一般是走内线，可是墨西哥方面却要求全部走外线。双方达成的协议也未加以明确。"张勇思前想后，耐心而又有礼貌地接待了墨西哥方面派来的人员，亲自率领手下的员工，严格按照对方的要求做出了调整。他们克服了种种困难，累计完成了64项整改任务，最终赢得了墨西哥方面的一致认可。

为了彻底打消墨西哥方面的顾虑，张勇要求"海外天团"的技术工程师，把每一口井的施工程序划分为28个质量控制点，严格规定工作人员定时上报资料分析报告，及时提供施工的动态情况，以及油气显示、综合录井参数等数据。一年多来，"海外天团"一共完成了14口井的录井服务，成功预测了漏井事故15次、井喷3次，受到了墨西哥方面的嘉奖。墨西哥方面从最初不了解、不信任，到半信半疑，再到最后心悦诚服。墨西哥项目部钻井公司监督埃克多评价"海外天团"道："我当了十三年的安全监督，接触过很多队伍，中石化的队伍是最棒的。他们的成就令我十分惊讶！"

在张勇的眼中，胜利石油海外市场的开拓，以及行稳致远，离不开"海外天团"的勇士们的兢兢业业。他们本着做好一个项目、树立一个品牌、占领一块阵地的原则，信奉"技术为王"是市场的金科玉律，磨好"金刚钻"，揽下"瓷器活"，形成了立足胜利油田发展胜利油田、跳出胜利油田发展胜利油田的发展思路。"海外天团"以过硬的技术、优质的服务、良好的信誉，勇闯海外市场，书写着解放思想、催人奋进的精神史诗。

（二）交通运输新貌

1. 周总理视察黄河铁路大桥

泺口黄河铁路大桥是津浦铁路上的一座跨河大桥，位于山东济南市区的北部。泺口黄河铁路大桥修建于 1909 年，全长 1257 米，是由詹天佑设计的。它经历了岁月的洗礼，见证了中国波澜壮阔的战争年代，至今在桥体上依然可以清晰地看到当年留下的许多弹痕，它们似乎在诉说着那段沧桑的历史。

1958 年，黄河出现了前所未有的大洪峰，洪水水面不断上升，严重威胁着泺口铁路大桥的安全，济南人民的生命财产也受到了威胁。8 月 6 日，周恩来总理从郑州乘坐飞机急匆匆地前往济南，他刚一下飞机，就立即前往泺口黄河铁路大桥，察看泺口黄河铁路大桥的实际状况。为了不影响大桥的运输任务，周总理在上飞机之前就通知了济南铁路局，到大桥时不要耽误列车的通过，不要打扰民众。

周总理一边走一边看，不时地询问身边的工作人员。当他走到大桥的中心时，周总理询问身边的陪同人员，这座大桥桥墩的基础材料是什么？桥梁的总体设计结构是怎样的？何时建桥？现如今质量方面有哪些问题？陪同他的铁路局负责人一时答不上来。周总理看他满头大汗、十分焦急的样子，安慰他说："不要着急，回去查查资料，把它搞清楚。"周总理回到大桥的南头，望着滚滚向东的黄河水，指着大桥，说："你们要千方百计把它保住，别怕花钱，该加固的加固，该维修的维修。"他叮嘱铁路局的有关同志道："一定要让毛主席和人民群众放心。"他从大桥南端走到大桥北端，又折返回来，前前后后历时一个多小时。

当总理又缓步走到大桥北部的河岸，来到了黄河大堤上。他又作了重要指示：要发动群众，抢修加固大堤，保证万无一失，夺取抗洪斗争的胜利！他指着浅滩，对身边的干部说："这里被洪水冲下来的东西，很容易挡住桥底的大梁，影响大桥的安全，是不是搞一个防浪坝？"周总理连日不停地奔波，从郑州抗洪一线赶来，但他依然精神抖擞，耐心地在大堤上指导加固工作，身边的同志们都为他日夜操劳而担忧。

当时，济南工务段一个名叫任文广的巡道工，恰好路过周总理的身边。他看到此人浓眉大眼，身体清瘦，衣着朴素，又有许多人陪同，推断那人一定是个大人物。他又觉得十分眼熟，就是一时想不起来。等周总理走了以后，他向别人询问当时的情况，别人告诉他那个人就是周总理。任文广遗憾了很长一段时间，他想如果自己早知道那人是周总理，一定上前向他问个好。他怎么也没想到，日理万机的人民总理竟会亲自来济南黄河铁路大桥指挥抗洪。后来，他经常跟别人讲起自己在大桥上遇到周总理的事情，由于没能说上一句话，神情总是显得很失落。

之后，济南军民吃在桥头，睡在桥头，不到一个月的时间，就把黄河铁路大桥加固、维修好了，从而保证了津浦铁路干线的畅通无阻。1977年12月23日，山东省政府在大桥南面桥头修建了一块纪念碑，镌刻着"周总理视察泺口黄河铁桥纪念地"的碑文，以此纪念周恩来总理对这座黄河铁桥的关爱之情。

2. 奋战济南凤凰黄河大桥

2022年1月18日，济南凤凰黄河大桥正式建成通车。这座顺应了新时代济南发展需要的大桥，动工于2018年，历经近四年，终于在黄河沿岸人民的翘首期盼中建成。

大河之上，凤凰腾飞，桥梁的建造倾注了设计者和建设者的汗水和心血。回首往昔的艰辛，每一个建设者都百感交集。2020年春节，正值大桥施工的关键时期，突如其来的疫情打破了原有的建设节奏，施工原料和建设人员都受到了很大的影响。许多技术人员来自当时疫情最严重的武汉，大家被突如其来的疫情搞得猝不及防。负责建设大桥的中交二航局项目部常务副经理韩景磊，急得像热锅上的蚂蚁。防疫形势严峻，但施工同样刻不容缓，怎样才能保障施工的进度呢？这成了韩景磊心中最牵挂的事情。在他的精心策划和多方协调下，项目部制定了严格的管理措施，紧急调动湖南等地的技术人员以代替武汉等地的技术人员，为项目技术管理提供全面保障。此外，派专车点对点接送建设人员，全方位保障严峻形势下的施工进度。

项目得以继续进行，大桥施工陆续恢复，耽搁的时间却难以挽回。尽管大家齐心协力保障大桥施工，但仍然面临进度迟滞这一问题。一开始是大桥南岸桩基施工时没有作业面，通过多方协调，作业才陆续开展。因此，南岸开工时间比北岸差不多晚了半年，这会直接影响大桥最终的合拢时间！中交二航局项目部生产副经理李向阳全面动员大桥的建设者道："没有条件就创造条件，把失去的时间抢回来！"项目部全面实行保质保量的奖励制度，这也使大桥的建设者热情高涨，干劲十足。整个项目部的人员加班加点，日夜奋战在建筑工地上，每天召开现场施工协调会，通过优化施工方案，科学组织人员，制定高效的施工计划，加快施工的整体节奏。在各方的努力下，最终提前十五天完成了桩基施工任务。2020 年 10 月，一座新的黄河大桥南北岸同时合拢，如期完成了目标任务。

回眸过往，历经一千多个日日夜夜，他们攻坚克难，奋勇向前，在成就了济南凤凰黄河大桥的同时，也成就了自我。济南凤凰黄河大桥凝聚了无数个韩景磊、李向阳的心血。夜间整个大桥灯火通明，照亮了前行的道路。大桥之下，汹涌的黄河水滚滚向前。

3. 研制"黄河牌"载重汽车

20 世纪 50 年代末，中国还不能独立生产载重汽车，每年要花大量的外汇进口他国的产品，而一般的汽车厂只生产配件，这让大伙儿心里很不是滋味。济南汽车制造厂厂长黄济珍气愤地说："只是生产老配件，老是让人家牵着我们的鼻子走。我们憋气，决心搞咱们自己的重型车。"

为了早日研制出载重汽车，济南汽车制造厂专门进行了一番动员，参加动员会的广大干部职工激情高涨，于是掀起了一场声势浩大的载重汽车"大会战"。他们决定采取"土办法"和"洋办法"两者相结合的思路，将整个研制过程分为五个阶段：一是测绘；二是工艺；三是工具制造；四是部件制造；五是车体组装。在山东工学院的大力帮助下，载重汽车的设计人员每天工作十几个小时，仅用了四十天，就绘出了全部图纸。按照正常情况，这个过程需要一年两个月。随后，济南汽车制造厂的工人做工装、自制设备，依靠当时简陋的设备和手工敲打，居然生产出了几千个零部件。经过四个半月的拼搏奋战，第一辆载重汽车终于研制出来了。1958 年 4 月 15 日，是一个特别喜庆的日子，中国第一辆载重汽车研制成功了。这种汽车的载重量比一般汽车大得多，且坚固耐用，节约原材料，最高时速达六十公里。

在给载重汽车起名字的时候，大伙儿动了许多脑筋，想了许多名号，而且各有各的理由。有的主张叫"前进"，我们的时代在前进；有的主张叫"泰山"，泰山无人不知，无人不晓……最后，"黄河"在十多个名字中脱颖而出。黄厂长跟大伙儿解释说，九曲黄河，万里奔流，以"黄河"命名，寓意是一往无前，济南汽车制造厂制造的载重汽车一定会成为中国，乃至全世界的知名品牌。"黄河牌"载重汽车的型号也很讲究，由两个汉语拼音中的声母和三位数字组合而成。例如，型号为JN150的"黄河牌"载重汽车，"JN"是济南汽车制造厂的企业代号，数字部分"1"表示载重汽车，"5"表示载重量，"0"表示这类汽车是最先进的一种车型。

第一辆"黄河牌"载重汽车，是在1958年五一国际劳动节前诞生的，而且"黄河牌"JN150型载重汽车也是济南汽车制造厂全体职工献给五一国际劳动节的特别礼物。1960年5月4日，毛泽东主席来济南视察技术成果，他在展览会上一眼就看到了载重汽车的样车。当时装配工段长王志立陪同毛主席参观，毛主席幽默地对他说："你的志气已立，决心制造自己的载重汽车了！"而后毛主席与王志立等人一一握手，并说："这就是咱们中国人自力更生、艰苦奋斗的志气！"王志立高兴地说："主席说得对，我们就是要这样。"后来，朱德到济南汽车制造厂视察，亲笔为载重汽车题写了车牌名——"黄河"。济南汽车制造厂的工人深深爱着自己亲手制造出来的载重汽车，动情地说："我们在外地出差时，若是看见'黄河牌'汽车，总是要多看上几眼。如果车停在那儿，就想上前摸一摸。碰巧司机还在，就和他唠几句嗑儿，讲讲这汽车的特殊来历。"

新中国成立之初，载重汽车在人们心目中具有特殊的分量和重要意义，是黄河儿女扬眉吐气的象征。"黄河牌"载重汽车的成功研制，结束了中国不能生产重型汽车的历史。从此，我国的载重汽车制造走上了辉煌的历程。

（三）领军科技发明

1. 给潜艇穿上"隐身衣"

笪良龙，1967 年生，安徽桐城人。1986 年以全军第一名的成绩考入了海军潜艇学院。海军潜艇学院地处山东青岛，是培养我国海军军官的摇篮。1989 年，引黄济青工程将黄河水引到了青岛。生活在青岛的人们，对黄河有着不一样的情感。潜艇是"水下蛟龙"，是深海中的幽灵，是大国重器。在笪良龙的心目中，潜艇既可亲又神秘。有一次，他的老师胡均川讲到海洋水声环境问题，强调潜艇作战与水声环境有密切的关系，如能充分利用，就可出奇制胜。他暗自下定决心，一定要考上研究生，在这一领域奋发有为。

为了摸清潜艇自身的特性，笪良龙总是寻找机会登上潜艇。比如，潜艇由于长时间出海需要维护，有时需要清理污水柜，他便主动请示上级，表示愿意前去完成这一工作。那时候也没有什么像样的设备，他就戴一个防毒面罩。他身材较小，腰间系上一根粗粗的绳子，嗖地一下就钻进去了。就在同一个污水柜中，他两次差点儿晕倒在里面，但一有机会，他还是争着抢着去。

1992 年，笪良龙如愿以偿，考上了研究生，他选择了水下作战环境研究方向。他的座右铭是："作战的需要就是对军队科技工作者发出的呼唤。作为培养潜艇指挥人才的军校，绝不能成为战斗力提升的洼地！"他好学爱钻研，总是想方设法参加科研考察工作，跟随潜艇参加远航调研。有一次，他在海上待了两个多月，想方设法寻找机会向行家里手请教，他不停地观察、记录，他的操作越来越娴熟，人却越来越消瘦。当时计算机运行速度缓慢，为了开发出第一个声传播的模型，他彻夜守候在那里，除夕和大年初一也不休息。

笪良龙在潜艇技术研究方面意志坚定，目标明确。他曾这样说："只要能为提高潜艇战斗力提供一点点支持，即使一辈子不出成果，我也无怨无悔。这块硬骨头，我一定要啃。"他一心想着解决潜艇"藏得住"和"找得着"的问题，他住在实验室里，反复推导计算公式、测算数据。他身边放着纸和笔，一有灵感就记下来。他在实验室里拼命地工作，以至于住在楼对面的主管领导在半夜醒来时，经常看到他的办公室还亮着灯。他拼命的干劲，让领导很是心疼，为了他的健康，领导不时地打电话提醒他要注意休息、爱护身体。他经常对自己的研究生说："干科研要咬定青山不放松，好的科研是干出来的。"他是这样说的，也是这样做的。

有人和笪良龙开玩笑，说他有"三个家"：第一个家是实验室，他一待就是好几天，困了就休息一会儿，饿了就吃随身带的干粮，一忙起来，这里就是家了；第二个家是科研团队，在他的带领下，团队相互协作，海洋水声数据中心已成为海军水下作战人才的重要培养基地；第三个家是他的小家庭，为了科研工作，为了国家，他舍弃了自己小家的天伦之乐。为了潜艇技术的进步，他与家人在一起的时间极其短暂。

笪良龙热爱潜艇研究事业，长期开展潜艇的海洋环境效应基础研究。在他的眼中，"冷兵器时代打的是战术，机械化时代打的是技术，信息化时代打的是科学！"最终，功夫不负有心人，他揭示出了复杂的水声环境对潜艇作战产生影响的基本规律，为潜艇海底隐蔽作战提供了强大的技术支持，这等于为潜艇穿上了"隐身衣"。依据深海声波传播的特性，他反复研究和现场实验，最终创立了会聚区效应的理论方法，打破了国外的技术垄断和封锁，为潜艇披上了一层严密的"隐身衣"，使他国军队很难发现我军潜艇的踪影。他亲自主持研制开发的潜艇水声环境信息决策支持系统，已成为水下作战的"倍增器"，使我军的海洋水声环境研究与应用技术跻身国际前沿。

笪良龙从事海洋战场环境研究三十多年，在全国范围内率先开展了海洋水声环境效应研究，主持了重大工程建设，填补了我国海洋水声环境作战保障和水下无人平台预警探测的空白。他功勋卓著，2009 年，获得了国家科技进步一等奖。2010年，中央军委给其记一等功。2022 年 6 月，获得 2021 年度山东省科学技术最高奖。荣誉之高，实至名归。

2."济南一号"发射的背后

2022 年 7 月 27 日，世界第一颗量子微纳卫星"济南一号"在酒泉卫星发射中心成功发射。济南量子技术研究院副院长周飞亲临现场，全程观看了壮观的发射场面。当时他的心情既激动又紧张，生怕有任何的闪失。在发射前夕，他夜不能寐，十分牵挂此次的发射任务，期盼顺利成功。他心中特别清楚，"济南一号"微纳量子卫星来之不易，凝聚了太多人的心血和智慧。

当发射成功的消息传来时，在场的周飞情不自禁地回忆起了"济南一号"的诞生始末。他是"济南一号"研制工作的亲历者和组织管理者，"济南一号"是许多科技工作者追求的科研梦想。它的研制成功并非依靠的一个单位的力量，而是集体联合攻关的结果。"济南一号"由合肥国家实验室牵头，中国科学技术大学、济南量子技术研究院等单位联合研制。其中，周飞率领的研究团队起了关键作用。

2010 年，山东量子科学技术研究院有限公司成立，组建了第一支量子通信研究团队，开展量子信息基础研究和应用基础研究。周飞曾追随量子信息专家潘建伟院士和量子密码专家王向斌教授，学习专业知识，并取得了优异成绩。2012 年博士毕业后，他加入济南量子技术研究院。在济南高新区管委会的大力支持下，济南量子技术研究院专门负责地面应用系统的研制工作，以及开展量子密钥分发应用技术的验证工作。他对当时的情况感触颇深，虽有各方的大力支持和丰富资源的聚集，但这是一条从无到有的拓荒之路，只有创新，才有发展前途。

令他自豪的是，科研团队不畏艰难，努力工作，突破了多项关键技术，促成了"济南一号"的诞生。量子密钥分发载重量只有 23 公斤，即使算上整颗卫星的重量，也只有 98 公斤，仅仅是我国研制的首颗空间量子科学实验卫星"墨子号"重量的六分之一，无论大小，还是功耗，都大为减小，研发和发射的成本远低于"墨子号"。而"墨子号"作为"济南一号"的"前辈"，有一定的局限性。作为低轨卫星，它经过地面监测站的时间只有六分钟左右，只能覆盖直径为一千公里的区域，而且它只能在覆盖区域作业，还时不时受天气状况的影响。

周飞的同事评价道："他既是一个卓越的科学家，也是一位优秀的管理干部，体现出宽广的视野、清晰的战略思维，善于解决复杂问题，具有持之以恒的研究定力，十分清楚量子改变世界的重要作用。"周飞身为科研人员，十分熟悉科研人员的处事方式与发展诉求，周飞想他们之所想，急他们之所急，所以科研人员都乐意与他合作。作为一个管理者，从开设账户到组织架构建立，再到方案起草，周飞事无巨细，一丝不苟，全力推进各项工作，被人喻为量子行业的"播种机"。在他的精心协调下，济南组建了量子科技产业发展专班，量子保密通信试验网投入了使用，济南党政机关量子通信专网得以开工建设。这一切逐步推动了济南的量子产业的发展，使其从无到有，一路走向辉煌。

周飞特地为大家解释了量子卫星"济南一号"名字的由来，他说："济南一直在量子通信的产业化和商业化方面走在国家的前列，也是国际的前列。济南市政府也是非常重视，对量子产业化、商业化投入非常大，所以我们把面向未来量子通信产业化的这颗卫星起名为'济南一号'，也算是馈赠济南市政府的一个最好的礼物吧。"

周飞时时不忘宣传中国的量子技术，表达中国的科技自信，他说："'墨子号'让全世界看到，我们的量子通信是可以走到全世界的首位的。而'济南一号'让全世界看到，我们在量子通信的产业化或者商业化方面，可以走到全国和全世界的前列。"周飞可以说是济南科技界创新者的符号，他认为"济南一号"是一个新的开端，相信未来会有更多的"山东骄傲"腾空而起，激发出高质量发展的新能量。在他眼中，"济南一号"奠定了中国在空间量子通信领域的国际领先地位，实现了国家信息安全和信息技术水平的跨越式提升。

3. "最强大脑"——"神威·蓝光 II"

在国家超级计算济南中心（简称"济南超算"）的入口处，有一个大型的屏幕，屏幕上面赫然写着"超级计算，智创未来"八个大字，这也代表了"济南超算"研发团队的梦想与追求。在"济南超算"的机房内，矗立在最中间的"神威·蓝光 II"格外引人注目。

"济南超算"副主任、济南超级计算技术研究院院长潘景山是"神威·蓝光 II"制造过程的亲历者与领导者。说起历历往事，他的眼眶湿润了。2011 年 10 月，"济南超算"方才成立，办公条件十分简陋，设备也差，但研究人员拼命工作，当年就研制出了第一台千万亿次超级计算机——"神威·蓝光"。中央处理器和系统软件全部实现了国产化，这标志着我国继美日之后成为第三个独立建造超级计算机的国家，具有里程碑的意义。"济南超算"的科研工作者信心高涨，仍然夜以继日地工作。2018 年 8 月，"济南超算"又研制出了神威 E 级计算机，实现了核心部件国产化。2022 年 7 月，"济南超算"成功研制出了第二代产品——"神威·蓝光Ⅱ"，实现了超算领域核心技术的完全自主，推动超算从科研领域走向了产业化领域，引领世界超算产业发展进入了 2.0 时代。"神威·蓝光Ⅱ"优势显著，占用的空间比"神威·蓝光"缩小了 2/3，功耗却降到了 840KW，计算能力比"神威·蓝光"提升了十四倍。

潘景山对此项创新感慨万千，他激情澎湃地说："不挑战就会失去竞争的机会，不突破就没有中国超级计算机的崛起。"这十多年来，"济南超算"面临着西方的技术封锁，在如此复杂的国际局势下，中国超算面临着极大的挑战。没有超级计算机，宇宙飞船就不能上天，国家安全就做不到万无一失，基因研究就无法继续，在复杂的气象、勘探工作中就难以做到精确计算。拥有超级计算机领先技术的西方国家实行严格的技术管制，严禁出口高端技术和产品，绝不容忍他国的计算能力达到国际水平。如美国政府以国家安全为由，禁止向中国出口每秒运算 1900 亿次以上的超级计算机系统。

在潘景山眼中，"神威·蓝光Ⅱ"不同寻常，如果没有多方的运筹谋划和创新突破，一点儿成功的可能性也没有。他特地解释说，"神威·蓝光Ⅱ"的成功问世，主要归结为四个方面的原因：一是中国超算首先定位是国家公益性的公共支撑平台、国家大科学装置，必须由国家引领，做好顶层设计，突破技术封锁的关键在于多方面发力；二是基础芯片方面需要整个国家协同突破；三是在基础软件方面，中国庞大的工程人才带来了巨大的红利，有助于解决软件上的一些"卡脖子"的问题；四是打造中国超算生态系统，就必须先占领制高点，再覆盖到其他领域。中国超算不以国际排名"论英雄"，而是更多地关注超算在现实社会中的应用。"神威·蓝光Ⅱ"的研发团队就这样不断寻求自主创新，不断突破西方的技术封锁，最终问鼎世界。

潘景山对此心有所感，对未来更有盼头。他指出，正是"神威·蓝光Ⅱ"的制造团队顺应时势，不断努力创新，才使"神威·蓝光Ⅱ"拥有了成为超算领域"领头羊"的资格。英特尔创始人戈登·摩尔提出了一个以他的名字命名的著名定律：每隔一年左右，芯片性能提高一倍。超级计算机每十年性能提升一千倍。"神威·蓝光Ⅱ"的问世，犹如十年磨一剑。它的用途极其广泛，肩负着全球气候变化、海洋数值模拟、生物医药仿真、大数据处理和类脑智能等三十五项重大计算任务。随着黄河流域生态保护和高质量发展上升为国家重大战略，山东的发展面临着前所未有的机遇，"神威·蓝光Ⅱ"将在未来的发展进程中担当起"最强大脑"的角色。

参考文献

[1] 山东黄河河务局编：《大河丰碑——纪念山东人民治理黄河 60 年（1946—2006）》，齐鲁书社 2007 年版。

[2] 刘九杰、王振京主编：《大河壮歌——纪念菏泽人民治理黄河 70 年（1946—2016）》，中国书籍出版社 2017 年版。

[3] 王志民主编：《黄河文化通览》，中华书局 2022 年版。

[4] 尹学辉主编：《大河星火——山东黄河岸边的红色印记》，黄河水利出版社 2022 年版。

[5] 滨州黄河河务局编著：《在海之滨——滨州黄河故事》，黄河水利出版社 2021 年版。

[6] 山东省水利厅编：《山东水利的心脏——黄河位山枢纽》，山东人民出版社 1959 年版。

[7] 山东省政协文史资料委员会编：《记忆山东：记忆黄河》，山东人民出版社 2017 年版。

[8] 郭兴平主编：《大河钩沉——山东黄河水文化遗产辑录》，黄河水利出版社 2020 年版。

[9]中共济南市委政策研究室、济南市黄河河务局编：《黄河安澜——济南篇（1946—2003）》，济南出版社2003年版。

[10] 水利部黄河水利委员会编著：《人民治理黄河六十年》，黄河水利出版社2006年版。

[11] 齐兆庆主编：《齐鲁黄河劳模风采录》，黄河水利出版社2003年版。

[12] 胡志扬、项晓光主编：《非凡七十年——黄河报（网）纪念人民治理黄河70年新闻作品集》，黄河水利出版社2017年版。

[13] 王晓梅著：《薪火传承——重要治黄人物及黄委部分劳模事迹纪实》，黄河水利出版社2016年版。

[14] 包爱芹、田利芳编著：《缚住黄龙——从治理黄河到引黄济青》，山东人民出版社2006年版。

[15] 田青云主编：《黄河入海流》，中国石油大学出版社2008年版。

[16]张学信著:《治黄纪事》,黄河水利出版社2000年版。

[17] 山东省档案馆、中共山东省委党史研究院编：《档案里的山东红色记忆》，新华出版社2021年版。

[18] 王传忠、丁龙嘉主编：《黄河归故斗争资料选》，山东大学出版社1987年版。

[19] 王曙编著：《唐诗故事集——黄河流域诗故事》，地质出版社1995年版。

[20] 丁龙嘉编著：《黄河咆哮——抗日战争时期山东军民的斗争》，中共党史出版社2005年版。

后 记

　　《丛书》的编纂，是在山东省委宣传部直接领导下完成的。省委常委、宣传部部长白玉刚同志统筹策划部署，并担任编委会主任，多次主持召开编委会会议，提出明确目标要求和指导意见。省委宣传部分管日常工作的副部长、省文明办主任、省新闻办主任袭艳春同志对本书的立项出版、风格设计等方面提出了许多宝贵意见。在魏长民、毕司东、程守田、张同海、冷兴邦等同志的大力指导支持下，以教育部人文社科重点研究基地山东师范大学齐鲁文化研究院为学术挂靠单位，组建了《丛书》编纂学术委员会，具体负责编纂工作。山东师范大学特聘资深教授王志民任主任，山东大学儒学高等研究院教授杨朝明、中共山东省委党史研究院原一级巡视员韩延明、鲁东大学原副校长刘焕阳任副主任，全省相关高校、科研单位的15名学者为委员。

　　编纂过程中，《丛书》被列为山东省社科规划3个重大委托项目和16个一般项目。杨朝明为传统文化重大项目组首席专家，韩延明为红色文化重大项目组首席专家，刘焕阳为河海文化重大项目组首席专家。编委会经反复研讨，制定了《编撰体例》《编撰指导意见》；在省委宣传部支持下，采取主任统一领导与首席专家具体负责相结合的方式，认真落实各卷主编为质量第一责任人、首席专家和学术委员为主要质量把关人的运作机制；多次召开线上与线下、全体与分组相结合的研讨会，对提纲设计、样稿研讨、通稿审稿等关键环节，深入研讨、反复审议，编委会与全体编纂人员团结合作、齐心协力，付出了艰辛劳动。山东文艺出版社提前介入，对编纂工作和撰稿体例等提出了许多宝贵意见。在此，我们谨向为《丛书》编纂付出心血的各位领导、专家、作者和所有相关同志们表示诚挚感谢！

本册编纂，得到首席专家刘焕阳教授和学术委员李兆禄教授、马树华教授、吴欣教授、王振星教授、仝晰纲教授的悉心指导，并得到山东师范大学齐鲁文化研究院院长吕文明的大力支持，以及山东黄河河务局、菏泽黄河河务局、聊城黄河河务局、黄河河口管理局的热情帮助。山东师范大学阎盛国教授担任主编，全面负责本册的编写工作。具体分工如下：第一部分、第四部分由阎盛国、杨静撰写；第二部分、第三部分、第五部分由阎盛国、王朋飞撰写。刘德增教授及研究生李光岩、付开蒙、赵泽全、代景至、周佳静提供了参考资料。

由于水平和条件所限，不妥之处在所难免，欢迎有关专家和广大读者批评指正。

编者

2023 年 8 月